Un été avec Rimbaud

by Sylvain Tesson

This Korean edition was published by arrangement with EDITIONS des
Equateurs (Paris) through Bestun Korea Agency Co., Seoul

랭보와 함께하는 여름

Un été avec Rimbaud

실뱅 테송
백선희 옮김

mu∫intree
뮤진트리

차례

▪ 일러두기

- 이 책은 Sylvain Tesson의 《Un été avec Rimbaud》(Equateurs, 2021)를 우리말로 옮긴 것이다.
- 본문에 나오는 도서·영화의 제목은 원제목을 번역 표기하는 것을 원칙으로 하되, 국내에 번역 출간 및 소개된 작품은 그 제목을 따랐다.
- 본문 하단의 각주註 중 (─저자 주)로 표기한 것 외 모든 것은 옮긴이의 것이다.

젊은 영광에게

방위와
굽이

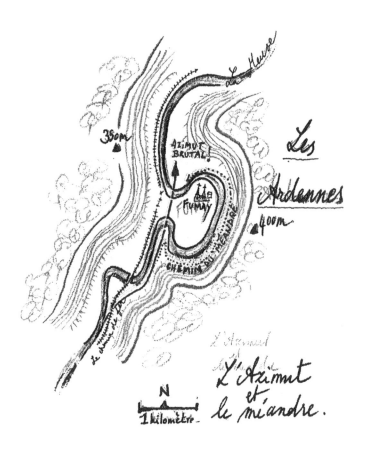

Les Ardennes

350m

AZIMUT BRUTAL!

FUMAY

CHEMIN DU MÉANDRE

400m

Le chemin du fer

La Meuse

N
1 kilomètre

L'Azimut
et
le méandre.

2021년 초, 우리는 몸이 건강함을 행정기관에 입증해 보이기만 하면 유럽 안에서 어느 정도 자유롭게 움직일 수 있었다. 친구 올리비에 프레부르와 나는 아르튀르 랭보가 1870년 10월에 나선 가출 행보를 나흘 동안 걸어서 따라가 보기로 했다. 단순한 계획이었다. 우리는 월요일에 파리에서 샤를빌-메지에르Charleville-Mézières로 향하는 8시 20분 기차를 탔다. 시내 검진소에서 건강검진을 받았으니, 이제 우리가 알고 있는 몇몇 전기적 사실을 토대로 샤를루아Charleroi를 거쳐 브뤼셀로 가면 되었다. 랭보는 기차로 퓌메Fumay까지 갔고, 지베Givet를 거쳐 몰래 국경을 건넜으며, 샤를루아에 멈췄다가 브뤼셀을 향해 걸었다. 우리가 가진 정보는 많지 않았지만, 그 정도면 충분했다.

아르튀르 랭보를 읽으면 언젠가는 길 위로 나설 수

밖에 없다. 《일뤼미나시옹Illuminations》과 《지옥에서 보낸 한 철Une saison en enfer》을 쓴 시인의 온 삶은 움직임 가운데 짜인다. 그는 아르덴 지역 밖으로 벗어나 파리의 밤 속을 내달리고, 사랑을 좇아 벨기에로 달려가고, 런던을 활보하고, 아프리카의 길 위에서 죽음의 위험을 무릅쓴다.

시는 사물의 움직임이다. 랭보는 쉬지 않고 이동하며 관점을 바꾼다. 그의 시는 발사체다. 150년이 흐른 지금의 우리에게까지 와닿는다. 세상이 꼼짝 않으면 죽음이다. 포르말린에는 어떤 시詩도 살아남지 못한다. 위생검역을 보라.

프레부르와 함께 나는 필요 물품을 몇 가지 챙겼다. 시가, 우산 두 개. 그리고 각자 책을 넣었는데, 그는 베를렌, 피로트와 클리프를, 나는 랭보와 바이런 경의 책을 골랐다. 정어리 통조림 몇 개와 헤드랜턴 하나면 130킬로미터를 가는 데 충분했다.

보건기술 문제로 완전히 얼어붙은 상황에서 친구와 함께 길을 떠나는 건 얼마나 기쁜 일인가. 우리는 아침에 떠나 쉬지 않고 걸으며 온종일 이야기하고, 언덕에 앉아 두루미들을 바라보며 점심을 먹고, 미술관에서 그림을 보듯 풍경을 살피고, 저녁에는 무언가 이루어낸 듯한 뿌듯함을 느끼며 40킬로미터를 마무리했다. 그리고 어느 마을 광장에서 별 하나 또는 두 개짜리 호텔을 찾아 쉰다. 우리는 (작은 버너를 이용해) 방에서 차를 마시며 그날의 기억을 노트에 적는다. 어느 길이든 좋아서 아무 데서고 누릴 수 있는 소박하지만 온전한 기쁨이다. 모두가 길에 나서서 걷지 않는 건 얼마나 이상한 일인지!

우선 우리는 지베에서 벨기에 국경으로 가기 위해 벌채한 목재를 옮기는 예인로를 따라갔다. 아르튀르 랭보의 기억에서 몇 가지 지표를 건져두었다. 역에는 "랭보 테크 창업 인큐베이터"라는 종잡을 수 없는 말이 적힌 벽보가 있고, 조금 더 멀리 '파리 호텔'이란 건물 정면에는 그의 초상화가 붙어 있고, 조금 더 멀리 어느 작은 식당에는 그의 허수아비가 서 있다. 상점의 영업을 위해 당당히 우상을 호출하는 것이다.

첫날 우리는 강제노역수들처럼 걸었다. 랭보는 썼다.

나는 일광욕을, 끝없는 산책을, 휴식을, 여행을, 모험을, 유랑을 희망했다.

그건 멋진 계획이었다. 우리도 그렇게 했다.

뫼즈강은 카키색이었고, 산비탈은 편평한 암석으로 뒤덮였다. 편암이 노출된 것이다. 나는 프레부르에게 말했다. "아르덴은 지질학에 아르두아즈ardoise[1]를 대주지", 이런 나의 엉터리 말장난에 그는 좋은 친구로 웃어주었다. 뫼즈강은 발가벗은 전나무들이 점점이 박힌 가파른 산비탈을 휘감고 흘렀다. 강은 산을 파들어갔고, 완만하게 흐르며 힘을 아꼈다. 시인 페기는 "잠재우는 뫼즈강"[2]이라고 (조금 더 상류 쪽에서) 말했고, 랭보는 권태로운 뫼즈강이라고 생각했다.

겨울이었다. 우리는 아득한 어린 시절의 풍경 속에 들어서 있었다. 장소는 인간을 조각하기에, 나는 그 차가운 들판에 스며드는 것이 좋았다. 그 들판은 어린 랭보를 설명해주었다. 1870년대 초, 아르튀르는 이곳을 거닐며 첫

---

1 청석돌. 아르덴 지방에는 청석돌 광산이 많다.
2 샤를 페기의 시 〈뫼즈강에 보내는 작별인사〉.

시들을 썼다. 어린 학생의 가출을 그린 시 〈나의 방랑〉
과 〈감각〉을. 태양이 빛났다.

폐허가 된 공장과 죽은 마을들을 지났다. 간간이 요
새 같은 농가가 협로를 굽어보고 있었다. 산다는 게 곧
제자리를 지키는 것이었던 시절의 농가였다. 음산한 왜
가리들이 날개를 사제복처럼 펼치며 갈대밭 위로 날아
올랐다. 길에서 사람이라곤 마주치지 못했다. 이 골짜기
에 한 세기가 흘렀다. 산업은 죽었다. 일할 사람들이 있
는 폴란드나 중국으로 옮겨갔다. 바이러스로 사람들은
완전히 칩거했다. 인류를 스크린 앞에 묶어두고, 집에서
하루에 밥을 두 번(덤으로 머그잔의 카페 라테까지) 먹게 하
는 것이 **글로벌 네트워크**의 꿈이었다. 인류의 배터리화
가 이뤄질 참이었다. 길을 가다가 여인숙에 들르던 시
절이 그리웠다. 그 시절, 가출한 학생들은 왈롱 주민들
에게 미소를 지으면 맥주 한 잔을 얻어먹을 수도 있었
다(랭보의 시 두 편 〈깜찍한 아가씨La Maline〉와 〈초록 선술집에서
Au Cabaret-Vert〉는 맥주 식탁에서 잠시 쉬는 기쁨을 그렸다).

처음에 아르튀르 랭보는 들판을 쏘다니길 좋아했다.
그러다가 가출했다. 뫼즈강은 너무 완만했고, "그 구덩

이"속 삶은 너무 느렸다. 그 후 가출은 끊이지 않았다. 뫼즈강은 긴 그늘 띠인데, 그는 태양을 찾아다녔다. 그 강은 협곡 사이로 흐르는데, 그는 아프리카의 지평선에 도취했다. 겨울은 그곳에 정복군처럼 닥치는데, 그는 홍해로 가서 뜨거운 열기에 익었다.

뫼즈강은 느릿느릿 흘렀고, 우리는 걸음을 재촉했다. 강 이름을 첫음절에 힘주어 부르면 꼭 소 울음처럼 들렸다. 저녁이 내렸고, 프레부르와 나는 나무 벤치 위에 펼친 25,000분의 1 지도를 보며 밤까지 절대로 퓌메에 도착하지 못하리라는 걸 깨달았다. 뫼즈강의 물줄기는 거의 되돌아오듯 굽이쳐 흘렀다. 이 강은 제3기에 아르덴 산맥이 나타나기 전부터 이미 흐르고 있었다. 융기한 산맥을 물의 흐름이 뚫고 파고들어 느릿느릿 뱀처럼 기상천외하게 구불구불한 물길을 만들었다. 그 길을 걷는 사람은 좌절한다. 물흐름의 굽이들을 따라가다 보면 10킬로를 걸었는데 거의 제자리로 돌아오게 되는 것이다!

나는 프레부르에게 말했다. "우리가 나아가려면 산비탈을 치고 가야 해." 비탈길로 2백 미터 올라가서 반대편 물가로 다시 내려가는 거야. 그렇게 가면 12킬로미터를 단축할 수 있어." 그렇게 우리는 주아니 마을 직전에서 외인부대에서 말하듯이 '난폭한 방위각으로' 숲을 가로질러 비탈길로 떠났다. 가시덤불에서 고생했고, 나뭇가지에 걸렸고, 눈밭에 미끄러졌다. 우리는 꼭 바다표범들처럼 숨을 헐떡였다. 아! 〈나의 방랑〉의 우아함과는 동떨어졌고, 저물어가는 19세기 낭만적인 방랑자의 모습은 더더욱 아니었다. 하지만 고생대 강의 선회하는 굽이를 거스르고 길을 단축해야만 했다.

랭보의 삶은 굽이와 방위의 변증법을 닮았다. 그는 후세에 온전히 바쳐진, 합리적이고 열성적이며 유능한 문학인의 삶을 좇을 수도 있었을 것이다. 그랬더라면 베를렌도 그를 지지했을 테고, 동료들도 만나고, 자기 작품을 다듬고, 영광을 경험했을 것이다. 그리고 강처럼 굽이굽이 흐르며 근면한 밤들을, 진지한 날들을 보내고 자신의 동상을 조각했을 것이다. 뫼즈강 같은 삶을 살 수 있었을 것이다. 강력하고 느리며 깊고 유용한 삶을.

그러나 랭보는 길과 언어를 자르는 편을 택했다. 브

뤼셀·런던·파리·자바·아프리카를 떠돌며 그는 도주의 삶을 살았고, 시에 폭격을 가했다. 그 결과, 폭발물 같은 시집 두 권과 떠들썩한 침묵을 남기고, 도화선 같은 삶을 살고는, 다리 하나를 잃고 목이 멘 채 서른일곱 살에 죽는다.

랭보의 시는 불꽃 다발을 쏜다. 그 시에서 삶과 죽음, 사랑과 예술에 대한 가르침을 끌어낼 수는 없다. 그는 이미지들을 채색하고, 자신의 심상들을 저울질한다. 그 심상들은 입문자만이 알 비밀이다. 난폭하고, 새롭고, 넘어설 수 없는 무엇이다. 말은 하나의 수수께끼다. 우리는 그저 그 신비를 해독하려고 시도할 수 있을 뿐이다. 시는 안개를 찢고, 새로운 광경을 드러낸다. 시는 숭고하다. 설명도 없고, 정보도 없다.

랭보는 결코 제 목표에 이르지 못한다. 항상 목표를 넘어서기 때문이다. 그의 삶은 느릿느릿 산을 뚫는 늙은 강이 아니다.

랭보는 영원을 향한 난폭한 방위각이다.

새벽의 노래

도화선처럼

아르튀르 랭보는 1854년 10월 20일 샤를빌-메지에르에서 태어났다. 이 벨기에와의 접경지역에는 아르덴 산맥이 우뚝 서 있고, 완만한 계곡들이 혈관처럼 이어져 있다.

여름은 짧고, 겨울은 피해 달아나야 할 만큼 혹독하다. 이 산(화강암 기반 위에 퇴적된 이회토와 석회질, 그리고 노출된 편암질)으로 종종 적이 별안간 닥친다. 역사에 따귀를 얻어맞은 지리 한가운데에서 아르튀르는 승리 없는 **전격전**처럼 제 삶을 시작한다. 당장은 어린 학생으로 온갖 상을 휩쓸고, 모든 인문과목의 월계관들을 차지한다. "절대적으로 현대적"이 되고자 할 때 고전 교육만큼 가치 있는 것이 없다. 이 시절의 교육자들은 어린 학생들에게 "창의성"을 꽃피우려면 모든 유산으로부터 자유로워야 한다고 아직 설명하지 않았다. 훌륭한 고전학도들이었기에 위대한 시인들이 있었다.

1854년. 나폴레옹 3세가 제2제정기를 통치하고 있다. 망명중인 빅토르 위고는 인간의 개선 가능성을 믿고, 진보를 부르짖는 시들을 짓는다. 샤토브리앙은 다음 혁명을 일으킬 다가오는 세대들을 믿고 이 세상을 떠났다. 첫 번째 비행선이 발사되었고, 수에즈 운하를 개통할 준비가 되었고, 전기가 곧 공공 조명이 될 참이었다. 요컨대, 어둠에서 빛으로의 이행이 임박했다. 인간은 과학을 통한 구원을 믿는다. 19세기는 20세기라고 불릴 괴물을 잉태하고 있는 걸 알지 못하고, 그 괴물이 저지를 독직의 대가는 21세기가 치르게 될 것이다. 아르튀르는 이 어리석은 19세기에 상륙한다. 그는 테크노-휴머니스트 희망의 콘서트에 가담하지 않을 것이다. 그는 인간 조건의 진보라는 그 우화에 동참하길 원치 않는다. 그렇다면 그의 욕망은 뭘까? 모든 걸 재창조하고, 모든 걸 체험하고, 모든 걸 다시 말하는 것이다. 우선 모든 걸 무너뜨리는 것이다. 1871년 5월 15일 샤를빌에서 그는 폴 드므니에게 쓴 편지에 '언어의 파우스트'가 될 자신의 계획을 이야기한다. "시인은 제 시대에 보편적 영혼 속에 깨어나는 수많은 미지를 규명할 것입니다. 그는 그 이상을 할 것입니다. 자기 생각의 표현 이상을, **진보를 향한 행보**의 묘사 이상을! 기상천외함이 표준이 되어 모두가 흡수한다면 그는 그야말로 **진보의 승수**가 될 것입니다."

어린 학생 아르튀르는 자신이 내면에 품은 것이 무엇이고, 자신이 누구이며 무엇을 바라는지 안다. 그는 시인이 될 것이다.

그는 첫 시들을 파리에 있는 몇몇 문인들에게 보낸다. 그리고 아버지가 없던 그는 멘토를 찾는다. 정중한 대접을 받는다. 천문학자들은 혜성을 보지 못한다. 랭보는 우리가 한 세기 반이 지난 지금도 암송하는 시들을 열다섯 살에 쓴다. 선생들은 그곳에 이례적인 학생이 있다는 걸 막연히 느낀다. 가족은 그를 이해하지 못한다. 조금 더 북쪽의 벨기에 사람들이 말하듯이 "그곳 사람들"은 땅을 선호한다. 랭보의 어머니는 아들의 바람 구두 밑의 영원한 거리낌이 될 것이다. 아르튀르 숭배자들로부터 비난받는 어머니지만, 그녀는 아들을 사랑한다. 그러니 그녀에 대해 "요란하게 소리를 질러대는 인디언"이라 말하지 않기를!

모든 것이 빨리 진행된다. 천재는 도화선이다. 오직 위고만이 생애 끝까지 용케 위고로 남았다. 랭보의 경우, 니트로글리세린은 폭발해 증발해버린다. 그는 오래가지 못하고 무너질 것이다. 초신성이다!

열여섯 살에 그는 가출해서 파리로 간다. 파리코뮌 때다. 그는 바리케이드들을 마주친다, 멀리서. 문학사가들은 그걸 과장해서 말한다. 프랑스가 혁명이라는 생각을 숭배하고, 미소년에게서 가브로슈[3]의 모습을 보고 싶어 하기 때문이다. 그는 베를렌을 읽고, 그에게 편지를 쓰고, 그를 만난다. 그는 파리의 문인들, 진지한 시인들, 이름난 기자들 앞에서 〈취한 배〉를 읽는다. 외알박이 안경을 쓴 신사들은 망연자실했다. 그러나 버릇없는 그 아이를 누구도 지지하고 싶어 하지 않는다. 사람들은 천재는 간파하고, 악마는 경계한다. 베를렌은 세기의 진주를 찾아냈다. 독을 품은 진주였다.

---

3 빅토르 위고의 《레 미제라블》에 등장하는 자유분방하고 정의로운 소년. 고아처럼 거리에서 떠돌다가 혁명군에 가담한다.

랭보와 함께하는 여름

랭보와 베를렌에겐 우정을 위한 인내심이 없었다. 감탄과 사랑이 뒤섞인 감정은 열정이라 불린다. 두 사람은 파리로, 런던으로, 브뤼셀로 유랑한다. 그들 뒤로 스캔들이 꼬리를 물고 이어진다. 두 사람은 서로 사랑하고 증오하고 재회한다. 베를렌은 아내를 떠난다. 베를렌은 랭보에게 총을 한 방 쏜다. 그리고 감방에 들어간다. 추문과 얽힌 사랑은 그리 다정하지 못하다. 죽음을 건 사랑은 아름다운 결실을 맺지 못한다. 랭보는 베를렌을 떠나고,《지옥에서 보낸 한 철》을 출간한다. 아무도 그걸 알지 못한다. 그는《일뤼미나시옹》을 쓰지만 아무도 그걸 출간하지 않는다. 그리고 끝이다. 그는 열다섯 살에서 열아홉 살 사이에 모든 걸 말했는데, 아무도 듣지 않았다.

《지옥에서 보낸 한 철》과《일뤼미나시옹》. 두 책은 어둠에서 빛으로의 여정을 그린다. 각 시는 신비이자 동시에 그 신비를 여는 열쇠이다. 각 시는 프랑스어의 커튼을 찢고, 새로운 전망을 향해 열린다.

그의 작품 전체―시와 편지―가 라플레이아드 판본 한 권(1101쪽)에 담긴다. 우리는 그걸 사서(사이버 위생의 새 규율을 어기면 물어야 하는 벌금 135유로[4]의 절반도 안 되는 값에) 주머니에 넣고 뫼즈 강가를 거닐 수 있다―등산 가이드보다 훨씬 유익한 여행 물품이다. 아름다움의 값은 무게로 잴 수 없다. 랭보의 시는 과작寡作이지만, 말을 감전시켰다. 그 시들은 오늘날 서양의 요양병원에서 흔히 말하듯이 "이전 세계"와 "이후 세계" 사이의 한 순간을 가리킨다. 랭보는 말의 바이러스다. 그의 작품은 글쓰기에 대한 일정한 생각의 흐름을 닫는다. 말이 관례적으로 생각에 봉사하는 글쓰기 말이다. 그 이후로 사람들은 그가 폭파를 도운 대성당의 잔해 위에서 글을 쓰게 될 것이다.

언어를 향해 그는 지옥의 한 철을 연다. 그는 살아서는 거의 독자를 두지 못했다. 죽고 나서는 문학인들이―교수들과 유식한 척하는 현학자들이―그의 작품에 몰려들었다.

각 시는 어떤 이론의 대상이 된다. 랭보는 기독교인들에게는 기독교인이 되고, 아나키스트들에게는 반교

---

4 코비드 19 방역패스와 관련한 법률을 위반한 벌금.

권주의자가 되고, 공산주의자들에게는 공산주의자가, 정신분석학자들에게는 정신분석의 선구자가 된다. 현대 요리에서는 그를 온갖 소스로 조리한다. 해설자마다 랭보에 관해 그가 지어낸 창작물을 능가하는 전서를 산출해낸다.[5] 저마다 자신을 비춘다고 믿는 거울이 된다는 것이 시인들의 불행이다.

베를렌은 아르튀르가 죽고 난 뒤 그를 사람들에게 알릴 책임을 떠안는다. 그는 이미 1888년에 한 젊은 시인이 "다이아몬드처럼 반짝이는 더없이 고유한 산문"을 썼으며, 코르비에르, 말라르메, 로트레아몽과 마르슬린 데보르드-발모르가 맴도는 "저주받은 시인들"의 무리에 속한다고 말했다.

랭보는 움트는 자신의 영광에 대해 결코 알지 못한다. 그는 열아홉 살에 《지옥에서 보낸 한 철》을 출간하고, 《일뤼미나시옹》을 쓴 뒤 본격적으로 길을 떠나 절

---

5 랭보라는 사원을 내가 돌아보도록 도와준 교수들과 작가들에게 경의를 표한다. 랭보의 전기작가인 장-자크 르프레르, 알랭 보레르, 자비에 그랄, 필립 솔레르스, 샤를 피카. 랭보 해독자들은 수도 많고 세심하다. 나는 간결성의 필요에 따라 선택하면서 랭보를 연구한 걸출한 인물들을 모두 인용하지는 않았다. 에릭 마르티는—그의 빛이 빠진—이 시평들을 "어리석은 짓거리"라고 지적할 기회를 놓치지 않았다. (−저자 주)

필한다. 그리고 다시는 되돌리지 않는다. 그는 할 말을 했고, 수 세기가 흐르도록 그걸로 충분했다. 후대에는 불꽃 같은 프랑스어들, 천재적인 상투어들만 남는다. "불을 훔친 도둑", "모든 감각의 교란", "나는 타자다".

그 후 랭보는 먼 곳을 떠돌고, 먹고살기 위해 애쓰며 아프리카의 태양 아래에 나선다. 그는 망각과 용서라는 멋진 원칙에, 완전한 유랑생활에 자신을 내맡긴다. 무기 무역상 랭보, 돛단배의 바람에 실려가는 랭보, 눈물과 태양의 랭보가 아르덴 지방의 음유시인 랭보, 베를렌의 야수 같은 밤의 연인이자 석탄처럼 캄캄한 하늘에 뜬 시의 혜성 랭보 뒤를 잇는다.

이제는 코르토 말테제[6] 같은 랭보, 홍해의 푸른 저녁의 랭보다. 먼 파타고니아를 찾는, 다시 말해 내적 망명을 찾는 여행객들을 언제나 아비시니아로 이끄는 모험의 랭보다. 여행객들은 실망할 것이다. 아프리카의 모래사막에는 아르튀르의 아무것도 더는 남아 있지 않다. 죽음의 태양 아래 가옥 몇 채의 흔적뿐. 랭보의 존

---

6 이탈리아 만화가 우고 프랏트가 만든 만화 시리즈로 주인공 코르토 말테제가 세계를 돌아다니며 모험을 겪는 이야기.

재는 그의 시 속에 있다. 그를 만나고 싶다면 아덴 행비행기 표를 사는 것보다 《지옥에서 보낸 한 철》을 펼치는 편이 낫다.

1891년, 그는 부랴부랴 마르세유로 돌아와 누이동생의 품에 안겨 골육종암으로 죽는다. 막이 내린다. 랭보는 한 시대의 이야기다. 제 방랑시인에 미치지 못한 시대. 그 시대는 그를 너무 늦게 발견한다. 아이에겐 한가지 잘못이 있었다. 제 시대에 맞추지 못했다는 잘못이다. 우리는 그의 일탈에 열중하기보다는 그의 계절이 피운 꽃을 읽어야 한다. 그러지 않으면 패티 스미스[7]를 따라서 산의 양쪽 비탈을 좋아하자. 응달쪽 비탈은 술로 지샌 밤들의 검은 랭보. 양달쪽 비탈은 순수한 언어의 흰 랭보. 랭보는 스펙터클 사회의 좋은 후보임이 분명하지만, 그의 작품보다 그의 돌출행동을 더 좋아한다면 안타까운 일일 것이다.

---

[7] '펑크의 대모'로 불리는 미국의 싱어송라이터. 아르튀르 랭보의 영향을 깊게 받아 시적인 가사로 펑크에 문학성을 도입했다는 평가를 받는다.

배-어머니

1854년 10월 20일, 새벽 여섯 시, 취한 배 한 척이 산으로 출항한다. 아르튀르 랭보가 아르덴 지방(이 책을 읽을지도 모를 초등학생을 위해 밝혀두자면 지방자치구 데파르트망 번호는 08이다[8])의 샤를빌에 태어난 것이다. 랭보의 첫울음을 기억하는 사람은 없다. 어쩌면 모음 하나였을까.

보병 대위인 아버지 프레데리크는 나폴레옹 1세 치하에 태어났다. 그는 나폴레옹 3세 때(설상가상으로 두 번째 황제 치하에) 입대했다. 어머니 비탈리 퀴프는 지주였다.

랭보의 역할 배분에서 아버지는 부재와 떠남, 빈둥거림, 전쟁, 공허를 의미했다. 요즘 말로 그냥 남자였다.

어머니 퀴프는 수확하고, 때때로 탈곡도 하는 여자였다. 엄격함, 그늘, 법, 두려움, 품을 구현하는 인물이

---

8 프랑스 행정 구역은 26개의 레지옹 아래, 데파르트망이라는 이름으로 96개의 지방자치구로 구분되어 알파벳 순에 따라 번호가 매겨져 있다.

랭보와 함께하는 여름

었다. 랭보의 어머니가 되지 않았다면 그녀는 샤를타
운(아르튀르는 샤를빌을 이렇게 불렀다)으로 옮겨다 놓은 모
파상의 시골 아낙 같았을 것이다.

어쩌면 사랑이 있었을지도 모른다. 그러나 랭보의
시 속에는 사랑의 흔적이 거의 없다. 〈기억Mémoire〉에
서 그는 "어린 시절 눈물의 짠맛"을 떠올린다.

부모는 랭보가 네 살 때 헤어진다. 아버지는 부대로
돌아간다. 아빠 랭보는 막을 내린다! 프로이트는 아직
생식기 신화의 연기를 내뿜지 않았다. 아버지들은 스
스로 흔들리고, 그 덕에 아들들의 손에 죽는 운명을 모
면한다. 대위는 더는 나타나지 않는다. 정신분석 해설
자 세대들은 아르튀르의 남성적 우정을 아버지 유령
찾기로 간주할 수 있을 것이다.

어머니는 랭보 팬들에게 반감을 불러일으킨다. 사람
들은 그녀를 인색하고, 시에 무감각한 사람이라 판단
한다. 요컨대,《일뤼미나시옹》에 준비되지 않은 억센
사람이다.

아들이 아프리카의 길 위에서 자기파괴를 하고 있을
때 어머니가 저녁마다 촛불 아래에서 어떤 생각을 할

지 우리가 정말 알까? 집에서 자고 있는 아이가 쓴 이런 글을 발견한 어머니가 얼마나 망연자실할지 우리가 어찌 알까?

오 나의 어린 연인들이여,

나 그대들을 이토록 증오하니!

그대들의 추한 젖가슴을

가시덤불에 감추라!

〈나의 어린 연인들〉, 1871

나는 그녀를 좋아한다. 아르튀르가 "여주인daromphe"이라고 불렀던 그의 어머니를. 그녀는 작은 농가를 호령했고, 자기 땅을 다스렸으며, 아들을 아르덴의 촌스러움 속에 붙들어두었다. 낯선 언어를 만들어내고, 안색 노란 맹수들을 만나고 다니고, 압생트 술을 마시고, 미친 배에 올라 길을 떠나고, 무섭도록 시커먼 제 글의 흉측한 거울을 바라보며 시들어가는 비범한 아들을 그녀는 마뜩잖은 눈길로 지켜보았고, 아마도 차라리 아들이 방탕아이기를 바랐을 것이다.

그녀는 언제나 아들 곁에서 아들의 어린 독서를 지켜보고, 거듭되는 가출에서 아들을 건져내고, 인쇄업자에게 진 아들의 빚을 갚고, 런던으로, 마르세유의 병실로 아들을 구하러 간다. 그녀에겐 보살펴야 할 농장이 있었고, 시인들은 밭을 가는 어머니를 돕지 않는다.

때때로 우리는 우리의 어머니를 놓친다. 어머니를 두려워해서 멀리한다. 그러나 어머니는 항상 가까이 있다. 어쩌면 어머니의 정의가 그런 것인지도 모른다. 어머니란 우리가 떠나 살 때조차 우리의 중심이다.

가족은 하나의 체제다

아르튀르는 혼자가 아니다. 형이 하나 있고, 누이동생이 둘 있다.

프레데리크는 한 살 많은 형이다. 아버지와 이름이 같고, 눈에 보이지 않는 점도 같다. 그는 사진에서 지워진 형제가 될 것이다. 아르튀르와는 관계랄 게 거의 존재하지 않는다. 어머니는—무서운 부모로—장남을 부인한다. 그 아들이 지은 죄는? 사회적 지위 실추다. 아르튀르는 미쳤다. 프레데리크는 낙오자로, 이것이 더 최악이다. 장남이 마부가 되자 어머니는 대놓고 멸시한다. 장남은 아르튀르의 장례식에도, 어머니의 장례식에도 초대받지 못한다. 한 인간의 말소는 보기 흉하다.[9]

---

[9] 다비드 르 벨리는 이 가족에서 지워진 아들의 강렬한 초상을 그렸다. 《다른 랭보》, 리코노클라스트, 2020년.

비탈리는 이름처럼 살지 못한다.[10] 그녀는 병든 꽃이다. 1858년 6월에 태어나 1875년 12월에 '결핵성 활액막염'이라는 허약한 이름을 지닌 질병으로 죽는다.

이자벨은 1860년에 태어난 둘째 여동생이다. 핵심부품 같은 존재다. 1897년에 이자벨과 결혼한 파테른 베리숑은 아내와 함께 랭보 신화에 편협한 신앙의 소스를 입히고, 초상화를 매끄럽게 다듬고, 그늘을 지우는 일을 맡는다. 두 사람은 거친 아이가 아니라 깔끔한 공화주의자 천재의 초상을 원한다. 계획은? 베를렌과의 관계가 정숙했음을 입증하려는 것. 아르튀르가 임종의 침상에서 가톨릭으로 개종했다고 믿게 하는 것. 부수적으로, 20세기 초에 널리 보급되기 시작한 출간물의 수익까지 챙기는 것이다. 이자벨은 누이동생으로 매니저이고, 박물관을 지키는 수위이고, 특허권 관리자이다.

우리는 가톨릭 신자인 이자벨의 프로파간다를 비난할 수 있다. 그렇긴 해도—그녀가 마지막 시간에 마르세유 병원에서 백의의 천사처럼 랭보를 돌본 건 사실

---

10 프랑스어 비탈리테vitalité는 생명력을 뜻한다.

이다. 붕대를 갈고, 씻기고, 목욕을 시키고, 죽어가는 오빠가 성나서 하늘에 침 뱉듯 내뱉은 마지막 말을 받아 적는다. "난 땅속으로 갈 테고, 넌 햇빛 속을 걷겠지!" 병원은 법정이다. 당신이 그곳에서 죽어갈 때 당신의 머리맡을 지키는 이들이 있고, 그렇지 않은 이들이 있다. 부당하지만 그렇다. 이자벨은 그 자리에 있었다. 곁을 지킨 그녀에겐 많은 것이 허용된다. 절대적 정당성이 주어진다.

로슈의 농가는 지독히 평범하고, 진부하게 복잡한 한 프랑스 가정의 이야기를 품고 있었다. 규모 있는 살림살이와 거미줄까지 품고서. 어머니는 다스리고, 아르튀르는 하나의 불이고, 형과 누이동생들은 별을 에워싸고 역할이 배분된다. 누이들은 신화에 활용되고, 형은 체제에서 거부된다. 농가는 노동과 나날 속에 머문다. 아르튀르는 모든 걸 부순다. 어머니는 꼿꼿이 버텨낸다. 한 아이가 태어나면서 영원한 가족의 글쓰기가, 영원히 집단적인 글쓰기가 시작된다. 아이는 자라면서 갑갑하다! 그가 원하는 건 뭘까? 모든 청소년의 꿈, 떠나는 것이다! 다만 그는 그 꿈을 말로 표현할 줄 안다.

"하나의 언어를 찾을 것", "언제나 다양하고, 언제나 새로운" 세상을 발견할 것. 자란다는 건 달아나는 것이다. 그는 식탁을 뒤엎고, 아름다움에 침을 뱉고, 아름다움을 섬기고, 하늘을 저주한다. 그리고 상처 입고 돌아온다. 지옥의 질주 후에 그가 돌아온 건 누구를 향해서일까? 그의 땅, 그의 어머니, 그의 누이, 그의 방을 향해서다. 1891년 11월 10일 마르세유로 가서 죽기 전, 그는 7월 말에 특별열차를 타고 가족의 농가로 돌아와 어머니를 끌어안는다.

그러니 율리시즈가 옳았다. 우리는 언제나 이타케로, 일평생 유랑하며 너무 소홀히 했던 보물로 돌아간다. 랭보는 다른 어떤 여행자보다 그걸 입증해 보였다. 고향을 향한 가장 빠른 길은 먼저 세상을 돌아보는 것이다. 어쩌면 랭보는 유년기의 선신善神에게로 돌아간 건지 모른다. 그 점에 대해 우리는 확신할 수 없다.

하릴없는 청춘

모든 것에 굴종하고

조심하느라

나는 내 삶을 잃었다.

루이-페르디낭 셀린은 랭보가 죽은 지 45년 뒤에 《외상 죽음Mort à crédit》에서 랭보에게 한 문장을 할애했다. "그가 하지 말았어야 했던 건 태어나는 일이다."

1882년 5월, 어머니에게 보낸 대단히 셀린 풍의 짧은 편지에서 랭보는 완전한 체념의 어조로 말한다. "이 삶에서 몇 년이라도 진짜 휴식을 누릴 수 있을까요. 인생이 단 한 번뿐인 건 참 다행입니다. 명백히 그래요. 이 삶보다 더 권태로운 다른 삶을 상상할 수 없으니 말이에요!"

랭보에게는 태어나지 않는 편이 편안했을 것이다. 우리에겐 큰 상실이었을 것이다. 그 없이도 일부 예술가들은 파리의 하늘에 플라스틱 튤립들을 계속 심었을 테고, 문맹들에게 자신들이 천재라고 줄곧 믿게 했을 테지만.

조숙한 괴물

랭보는 '말㲒'의 넓적다리에서 튀어나와, 이미 철모를 두른 세상에 온 조숙한 시詩의 괴물이다. 이 말을 확인하려면 그가 열네 살에 쓰고 "랭보 장-니콜라-아르튀르, 샤를빌 중학교 통학생"이라고 이름을 적은 라틴어 시들을 뒤적여보면 된다. 그리고 샤를 도를레앙이 루이 11세에게 쓴 편지를 그가 모방한 글이나 또는 1869년의 시 〈고아들의 새해 선물〉을, 또는 1865년 부활절 때 학교의 유폐 생활에 반대해 연습장에 쓴, 대단히 치기 어린 성난 야유를 읽어보면 된다.

그리스어로 넘어가보자…. 이 더러운 언어는 아무도, 세상 그 누구도 말하는 사람이 없다!… 아! 젠장맞을! 빌어먹을! 난 연금생활자가 될 테다.

샤를 중학교에서 그는 라틴어로 시를 수천 편이나 쓴다. 앞으로 프랑스어로 쓰게 될 시보다 훨씬 많이 짓는다!

바로 이것이 **박식한 원숭이 랭보**다. 곰 조련사들 같은 전기작가들은 이런 그에게 관심을 보인다! 아르튀르를 우리에 갇힌 모습으로 아르덴의 장터에 전시할 수도 있었을 것이다. 그리고 조련사는 이렇게 외쳤을 것이다. "신사 숙녀 여러분, 어린 괴물이 라틴어로 즉흥시를 쓰는 걸 와서 보세요. 운율과 음절을 기막히게 맞춥니다!"

중학교 2학년 성적표는 프레베르 식 나열 시구 같다.

1학기는 최우수

종교 교육 대상

라틴어 시 대상

학술경시대회 대상

라틴어 번역 대상

역사와 지리 대상

시 암송 대상

그는 모든 걸 싹쓸이한다.

모든 학교 성적표는 싹트는 삶의 무언가를 담고 있다. 정신분석가들은 그렇게 말한다. 어렸을 적에 정신분석가가 되기를 바라지 않았던 이들조차.

조심하자! 우등생과 시의 천재를 혼동하지 말아야 한다. 한쪽은 작문에 강하고, 다른 쪽은 영원한 예술가다. 종종 전자는 후자를 낳지 않는다. 랭보는 양쪽 모두를 구현한다.

천재의 정의는 보기 전에 알고, 맛보기 전에 느끼고, 듣기 전에 듣는다는 것! 열여섯 살에 랭보는 〈취한 배〉에 한 번도 본 적 없는 대양의 이미지들을 담는다. 그는 먼바다에서 생활하는 뱃사람들보다 바다의 모태를 잘 포착한다. 그것이 통찰이고, 천재성이다. 프루스트는 확고히 말한다; "이것은 특별한 경우, 특출난, 거의 초인적인 경우다." 들라크루아는 《일기》에서 예술에 관한 강렬한 글―〈천재의 발명〉―을 내놓는다.

2021년, 프랑스에서 "창조적 천재"라는 생각은 좋게 받아들여지지 않는다. 대학의 트리소탱[11]들은 이 범주의 존재를 혐오한다. 그것이 평등주의 도그마를 깨뜨리기 때문이다. 예외는 통설에 대한 모독이다. 우리는 모두 저마다 할 말이 있고, 모두 완벽하게 능력이 같아서, 어둠 속에서 별안간 켜져 도드라지는 횃불의 고통스러운 원천을 식별하지 못한 채 그 우위를 주장하는 게 공손해 보이지 않는 것이다!

견자見者는 사물들 **앞에** 서 있어서 그 사물들을 노래하기 위해 그것들을 느낄 필요가 없다. 그는 빨리 나아가, 이미지를 붙들어 종이 위에 침전시킨다. 아르튀르 랭보는 약탈의 대기층에서 살 것이다. 그가 획득할 모든 것—보잘것없는 전리품—은 번득이는 섬광과 싸움에서 쟁취될 것이다. 말, 육신, 돈, 사랑. 때로는 숭고하고, 대개는 실패하는 난폭한 강도질로 쟁취할 것이다. 그는 많이 꿈꾸고, 늘 시도할 테지만, 거의 얻는 게 없을 것이다.

욕망, 시도, 실패, 낙담이 어린 시절에 형성되어 여정의 축이 될 랭보 솔페지오의 박동이다.

랭보라는 괴물 같은 천재는 조숙의 괴물이다.

---

11 몰리에르의 《학식을 뽐내는 여인들》에 등장하는 사기꾼 현학자.

그러나 무엇이 있었다…

　　1868년 11월, 고등학교 1학년 학생들이 나무 책상에서 뭔가를 쓴다. 50세 넘은 독자들은 이 장면을 떠올려보시라! 작문 시간, 펜 긁히는 소리로 오염된 침묵, 유리창을 두드리는 비! 추운 교실에 밴 곰팡내! 랭보는 거의 완벽한 라틴어로 시를 짓는다. 그는 "뜨거운 들판"을 거니는 자기 모습을 상상한다. 이미 그는 장차 쓸 시들의 주제를 짜고 있다. 마라톤 같은 산행, 어머니 자연, 노고 끝에 누리는 오수의 평화.

　　오랜 방황으로 지친 내 몸을 푸른 강가에 눕힌다. 강물의 포근한 중얼거림에 내 마음 나른해지고….

　　시 〈나의 방랑〉은 오븐에서 노릇노릇 구워지는 중이다!

나는 떠났네. 구멍 난 호주머니에 두 주먹 찔러 넣고.

그러다 별안간, 아폴론이 젊은 방랑자에게 나타나 말한다. "너는 시인이 되리라!" 이것이 랭보에 대한 첫 번째 예견이다. 꿈은 몽상가의 이마에 제 활자를 새긴다.

훗날, 1871년 5월, 열일곱 살에 샤를빌에서, 아르튀르는 처음 속내 이야기를 털어놓던 인물들 가운데 한 사람인 시인 폴 드므니Paul Demeny에게 쓴 편지에서 견자 이론을 벼린다. "제 말은 견자여야 하고, 견자가 되어야 한다는 겁니다." 그러나 3년 전 학교 책상에서 그는 이미 자신이 견자가 되리라는 걸 보았다. 라틴어로 시를 수천 구절 쉬지 않고 늘어놓을 수 있는 어린아이의 뇌는 자신의 가치를 알고, 자신이 원하는 바를 알고, 자신 안에 뭔가가, 자신은 아니지만 자신보다 귀한 뭔가가 있다는 사실을 안다.

나는 여기서 자기 아들에게 감탄스러운 애정과 매혹적인 끌림을 쏟는 어머니들에게 호소한다. "내 아들은 천재예요." 이런 말을 나는 얼마나 많이 들었던가. 나중에, 아마도 그 어머니들은 실망을 털어놓게 될 것이다. 그렇다면 그들은 행복하다고 자평해야 할 터다! 누가 랭보 같은 자식을 두고 싶어 할까? 자기 자신이 아닌 다른 존재에 사로잡힌 아이를? 천재성은 때때로 사람을 십자가 아래로, 처형대 위로, 불길 위로, 또는 펜을 막 내려놓은 손이 잡은 총구 앞으로 이끈다.

천재에 대한 정의가 다른 차원으로 그려진다. 자신 안의 비밀에 대한 억눌린 의식, 이것이 천재다. 소크라테스가 말한 "너 자신을 알라"는 "너 자신이 되라"로부터 시작된다. "너는 너 자신이 되어야 한다", 라고 니체는 1882년에 말했고, 젊은 시인을 위한 조언을 이런 말로 마무리 지었다. "모든 사물의 무게를 새롭게 결정해야 한다." 이는 바로 랭보가 하나의 언어를 만들어냄으로써 완수할 임무다.

랭보는 아르튀르 안에 있었다. 오직 그들만이 그걸 알았다.

따라서 랭보는 시인이 될 것이다. 그는 그걸 의심하지 않는다. 1871년 5월 13일, 그는 학교 선생님인 조르주 이장바르에게 신탁 같은 편지를 쓴다. "저는 시인이 되고 싶어요. 그래서 견자가 되려고 애씁니다. 선생

님은 아마 제 말을 이해하시 못하실 테고, 서도 설명을 못 할 겁니다." 아르덴의 어린 꼬마가 연장자에게 이토록 당당하게 말한 것이다! 그는 아직 아무것도 출간하지 않았지만 자기 운명에 대한 확신은 확고했다.

1935년에 사망한 포르투갈 시인 페르난두 페소아는 평범한 삶과 월등한 영혼의 기이한 동거를 예증해 보였다. 나는 이 이중의 존재들을 사랑한다. 그들은 의심할 여지 없는 불덩이 하나를 마음속에 품고서 벽들을 무너뜨린다! 그들은 내면의 공허가 메아리처럼 울리는 요란한 곡예사들과 정반대다. 페소아는 평생 소소한 일자리들을 맡아 일하면서, 자기 자신에 대한 확신은 마음 깊이 간직한 채, 동시에 다른 여러 이름으로 미로같은 작품을 구상하고 있는 걸 감추었다.

"우리는 이미 되어 있는 상태에 따라 무언가 될 수 있을 뿐이다." 뫼즈 출신 랭보의 독일 쪽 대칭인 노발리스가 한 말이다.

아르튀르는 1870년 5월 24일에 고답파 시인 테오도르 드 방빌에게도 편지를 쓰고, 직접 쓴 시 세 편을 보낸다(〈화창한 여름날 저녁에…〉, 〈오펠리아〉, 〈신앙귀일〉). 고답

파 시인이란 어떤 존재인가? 울고 있는 소녀에게 도자기 같은 시를 배달하는 우체부다. 파리하고, 섬세하고, 지루하다. 어린 아르튀르는 냉소를 (겨우) 감춘다. 동료들의 지지와 인정을 구하기 때문이다. 만약 정신분석학자들의 책을 읽은 사람이라면 이렇게 말할 것이다. 아르튀르에겐 아버지가 필요하다고.

랭보의 아버지는 직업 군인으로, 아르튀르가 태어난 지 6년 뒤인 1860년에 가정을(이 전장을) 버리고 도망쳤다. 어머니는 냉혹하고 꼿꼿했으며, 아들의 시적 열망에는 귀가 먹은 듯 보였고, 떠들썩하면서 머뭇거리는 아르덴 지방 여자였다. 그녀는 아들에게 위험한 책을 읽게 했다고 아르튀르의 선생을 원망했는데(사실 틀린 말도 아니었다), 그 책은 바로 위고의 《레 미제라블》이었다.

랭보가 방빌에게 호소를 보낸 건 열여섯 살이 채 되지 않았을 때였다. 그는 나이를 한 살 부풀리고, 상냥함을 가장하며 말한다. "여기 저는 뮤즈의 손가락이 닿은 아이로서—표현이 진부하다면 죄송합니다만—제 신실한 믿음, 제 희망, 제 감각, 시인들의 이 모든 것을 말해 보았습니다. 저는 이걸 봄이라고 부릅니다." 그러곤 이런 문장을 덧붙인다. "저는 아직 제가 가진 게 무엇인지 알지 못하지만… 그것이 분출하려 합니다…."

이 글은 1794년 공화주의자들에게 살해당한 시인 앙드레 셰니에의 작별인사 같다. 처형대 위에서 그는 자기 이마를 가리키며 중얼거렸다. "그렇지만 여기 무언가가 있었다고."

천재성은 바로 "여기 무언가"이다. 알지 못하는 무언가, 자신 안에 있는 무언가, 의식이 막연히 지각하고 경계 짓는, 자신 안에 있는 무언가이다. 완전히 자기 자신이 아니면서 남아서 꽃을 피우고, 연장되고 고갈되는 무엇이다. 가꾸거나 맞서 싸워야 할 신비다. 자기 자신에게 불리한 것일 수도 있다. 존재의 가장 깊은 곳에 자리한 이 생산 주체가 열대 기생충이 제 공생동물의 목을 조르듯 제 주인을 덮쳐 죽일 수 있기 때문이다.

열여섯 살에 이런 글을 쓴 어린 랭보는 바로 그것에 잡아먹혔다.

그러자 어머니는 숙제장을 덮고,
자랑스럽고 흡족한 얼굴로 나갔다,

자식의 파란 눈 속에, 도드라진 이마 아래,

반감에 사로잡힌 영혼을 보지 못한 채.

〈일곱 살의 시인들〉

내가 '나'라고 말할 때 누가 말하는 걸까?, 라고 철학자들은 묻는다.

나는 묻는다. 열 살 아이가 이런 글을 쓸 때 누가 말하는 걸까?

나는 1503년 렝스에서 태어났다고 꿈을 꿨다. (…) 아! 젠장맞을! 빌어먹을! 난 연금생활자가 될 테다. 바지가 닳도록 교실 책상에 앉아 있는 건 즐거운 일이 아냐…. 우라지게 지랄맞아!

백지에 생상스의 죽음의 춤을 쓰는 열여섯 살의 손을 누가 인도하는 걸까?

사랑스러운 펭귄 같은 검은 교수대에서,

무사들이 춤춘다, 춤을 춘다,

악마의 삐쩍 마른 무사들이,

살라딘[12]의 해골이.

　저 목소리는, 저 분노는 어디에서 올까? 시 〈취한 배〉에서 폭발할 말의 아궁이는 어디에서 올까? 자신의 분신이 깃든 존재라는 주제에 관해 무속-마법적 분석을 늘어놓을 생각은 없다. 그렇지만 단두대 아래 선 셰니에와 자기 자신의 문턱에 선 랭보가 자기 자신과 마주했을 때 완전히 혼자는 아니었다고 생각하지 않기란 불가능하다. 아르튀르에게 랭보를 조심하라고 경고한 사람은 아무도 없었다!

12　십자군으로부터 예루살렘을 탈환한 이슬람의 영웅.

내면의 목소리들

제 동굴 안에 웅크린 야수. 어떤 피조물이 랭보 안에 웅크리고 있다. 그의 내면 깊은 곳에서 어떤 힘이 전대미문의 이미지들을 그의 입을 통해 던진다. 아르튀르는 어머니를 겁냈고, **'어둠의 입'**이라 불렀다. 그렇다면 그는 황금의 입일까? 〈취한 배〉의 유명한 시구를 보라.

그리고 나는 사람이 보았다고 믿는 것을 때때로 보았지!

아르튀르는 문을 밀고, 얇은 커튼을 찢는다(그는 그러지 않은 뮈세를 질책했다). 커튼 너머는 아찔하다. 견자의 심상은 어디에서 올까? 영감이란 무엇일까? 그런 걸 보는 눈은 누구의 것일까? 한 번도 항해해본 적 없는 열여섯 살의 소년이 어째서 포효를 마흔 번이나 경험한 타바를리[13]보다 바다를 더 잘 묘사할까?

그는 1871년 5월에 시인 드므니에게 쓴다. "저는 제 생각의 부화를 지켜봅니다." 주인이 알지 못하는 힘이 내면의 땅을 점령하는 불가사의가 여기서 다시 확인된다.

랭보의 유명한 사진이 하나 있다. 소년이 1871년 파리에 도착한 지 몇 주 뒤에 에티엔 카르자가 찍은 것이다. 베를렌이 친구를 사진관으로 데려갔다. 이 이미지는 르네 뷔리가 찍은 체 게바라의 사진과 같은 운명을 산다. 랭보와 체 게바라는 혁명의 운명을 타고났다. 한 사람은 프롤레타리아를 다스리길 바랐다. 또 한 사람은 언어를 다스리길 바랐다. 두 사람 모두 상점에 걸린 반항자용 티셔츠에 그려진 초상화 신세가 되었다.

우리는 랭보의 사진을 안다. 높은 이마, 예쁘장한 이목구비, 강인한 턱, 알 듯 모를 듯 모호한 입, 파리한 두 눈이 북쪽 채광창처럼 자리한 얼굴. 반쯤 투명한 그 눈은 마법 램프의 창 같다. 빛이 켜지고, 이미지들이 벽 위로 펼쳐질 듯하다.

창조주로부터 독립된 창조적 힘이라는 게 있을까?

---

13 Eric Tabarly(1931~1998), 프랑스의 항해사.

성 아우구스티누스는 《고백록》에 라틴어로 이렇게 쓴다. "모든 피조물은 제 안에 있는 신을 노래한다." 십자가의 성 요한도 《성가》에서 카스티야어로 똑같은 걸 말한다. "피조물은 자기 안에 있는 신에게 제 목소리를 부여한다." 그리고 호메로스도 《오디세이》를 시작하면서 그를 통해 신이 표현하는 것임을 털어놓는다. "오 뮤즈여, 천 가지 술수가 난무하는 인간의 이야기를 우리에게 들려주오."

두 성직자는 영감의 원천을 신으로 여기는데, 랭보는 그 원천에 빠져들지 않는다(또는 그 원천에서 멀리 떨어져 있다). 아마도 인간이란 존재는 다른 곳에서 오는 물결의 대변자일 것이다. 그렇다면 어느 날 저녁 파리 중심에서 〈취한 배〉를 읽는 아르튀르의 목소리와 그에게 그것을 불러주는 목소리가 서로 다른 목소리는 아닐까? 십자가의 성 요한의 말을 빌리자면, 피조물은 제 안에 있는 무엇에… 이를테면 시詩에 제 목소리를 내준다. 랭보는 외적 진동의 지진계처럼 그저 전할 뿐이다.

1871년 9월 30일, 베를렌은 랭보를 시인들의 만찬에 데려간다. 넥타이를 맨 신사들이 시골뜨기 소년을 맞이한다. 그들은 술을 마시고, 노래하고, 시를 낭송하며 유쾌한 시간을 보낸다. 남자들은 서른에서 마흔 살쯤이고, 아마 배가 나왔을 것이다. 21세기 초에는 납작한 배가 성공의 표지지만, 19세기 말에는 볼록한 배가 그랬다. 아르튀르에게 그들은 늙은 아저씨들이다. 랭보에게는 잠재적 지지자들이다. 어쨌든 진지한 사람들이다. 그들의 모임이 "추한 호인들"이라는 이름을 달고 있을지라도. 그들은 삶에 뛰어들고, 예술을 모든 것 위에 두고, 스스로 시인이라 여기고, 스스로 전복적이라고 생각하고, 꼭 시가를 피운다. 베를렌은 그들에게 자신의 어린 원숭이를 소개한다. 아르튀르는 구슬프게 굽이치는 뫼즈강에서 왔다. 그는 열일곱 살이고, 손이 붉고, 몸짓이 거칠고, 농부처럼 발이 컸으며, 포크를 제대로 사용할 줄 모르며, 이제 막 상경했다. 며칠 전부터 베를렌을 따라다니고 있다. 아르튀르는 이날 저녁 마치 어린아이가 제 자랑을 하듯 자기 시를 읽는다.

이때부터 나는 **바다의 시**에 빠졌네

별들이 우러나 젖빛 감돌고 초록빛 창공을
집어삼킨 그곳, 넋 잃고 창백한 부유물 떠돌고
생각에 잠긴 익사자 하나 때때로 떠내려온다.

그러자 신사들은 압도당했다. 그들이 느낀 건 공포의 숨결일까? 어쩌면 초의 불꽃이 흔들렸을까? 친구들은 그 순간 탁자 한구석에서 아주 잘생긴 아이가 낭송한, 역사상 가장 신비한 시 한 편을 들었다. 그 자리에 함께한 레옹 발라드는 얼마 후 어느 편지에 그날 저녁 "열여덟 살도 채 안 된 **무시무시한** 시인"을 만났다고 쓴다. 누군가는 그 시인이 "박사들 한가운데 자리한 악마"였다고 덧붙인다. 정확한 표현이었다! 이 표현은 신, 정령, 또는 악마라고도 불리는 분신 같은 존재를, 아우구스티누스와 십자가의 성 요한이 증언한, 존재의 다원성을 환기한다.

아실는지, 내가 마주친 믿기 힘든 플로리다들을
인간의 피부에 표범의 눈을 단 꽃들을!

열일곱 살에 이걸 쓴다면 저녁에 홀로 누울 때 완전히 혼자일 리 없다.

아방가르드보다 앞에서

대단히 섬세한 몇몇 현대 시인들만이—베를렌, 말라르메, 크로스, 제르맹 누보—아르튀르에게서 우라늄 핵을 간파하고, 그것이 방출되도록 힘쓸 것이다.

제3공화국 초기에 다른 누구도 그를 알아보지 못한다. 랭보의 삶은 결핍의 이야기다. 목소리 하나가 있었으나 들어줄 귀가 없었다.

《멜랑주Mélanges》에서 폴 발레리는 예술가들의 행운에 대해 소중한 조언을 남긴다. "천재성 없는 재능은 별것 아니다. 재능 없는 천재성은 아무것도 아니다." 랭보의 불행은 제 천재성에 대한 재능을 갖지 못했다는 데 있다. 자기 안에 태양을 갖는 것과 그 빛의 방향을 잡는 건 다른 일이다. 그는 자신의 뇌에서 솟아나는 다이아몬드 간헐천을 활용하지 못한다. 3년 동안 마그마는 심상들, 불꽃들, "인간의 피부를 가진 표범들"을 분출하지만, 중심 사상을 표현하지 않았고, 예술과 문학 일반에 대한 소신을 보이지 않았다. 그는 세기의 정점에 선 그리스 불[14]이었다.

> 오 잿빛 얼굴, 말총 그려진 문장, 크리스털 팔! 나무들과 가벼운 공기를 가로질러 내가 달려들어야 할 대포!

할 수 있다면 이 시를 이해해보시라. 이 시구들을 꼭 이해해야 할까? 이미지가 내리친다. 그것으로 충분하잖나. 쇼브 산 위를 질주하는 듯한 《일뤼미나시옹》의 시, 야만적 〈퍼레이드〉의 말미에서 랭보는 그의 색정적인 악몽을 쥐뿔도 이해하지 못한 우리를 사면한다.

> 이 야만적 퍼레이드의 열쇠는 오직 내게 있다.

1871년 5월, 그가 조르주 이장바르에게 〈고문당하는 마음〉이라는 시와 함께 보낸 편지 말미에서 넌지시 던

---

14 비잔틴 제국 시대에 그리스인들이 사용한 해전용 화약으로 물에 닿아도 꺼지지 않는다.

진 말은 다르다. "이건 아무 의미 없는 말이 아니에요."
제기랄! 그러니까 저 시가 뭔가를 의미한다는 것이다!
이 모호성에 열광해서 해설가들은 150년 전부터 그 수
수께끼를 풀려고, 시의 숨은 의미를 이해하려고, '열쇠'
를 해독하려고 애쓰고 있다. 그리고 그 의미론적 탐색
은 때때로 순수한 음악성을 해친다.

암호 푸느라 애쓰는 신사 여러분, 아르튀르는 암호
해독기 에니그마가 아닙니다!

랭보는 제2제정 말기와 파리코뮌, 그리고 제3공화국
초기를 가로지르며 산다. 끝나가는 19세기는 아직 예
술적 일탈을 경험하지 못했고, 박제 예술의 타조들, 자
개처럼 번쩍이는 시인들, 12음절 시구의 가면올빼미들
과 단절하지도 않았다.
랭보는 그 가발 쓴 자들을 비웃었다. 1871년 5월에
드므니에게 보낸 편지 말미에서 그는 "눈에 보이지 않
는 것을 살필" 능력도, 얇은 커튼 너머로 "미지"를 발견
할 능력도 없는 변변찮은 고물 같은 19세기 시를 말살

한다. 마치 비스킷 가게에 풀어놓은 버릇없는 아이처럼 뮈세, 쉴리 프뤼돔, 코페의 조각상을 쓰러뜨린다. 마지막 시기의 위고와 보들레르("진정한 신"[15])만 그의 총애를 받는다.

1871년, 그는 파리로 가서 희화적이고 흥청망청 놀기 좋아하는 모임, 반쯤은 아나키스트 같고 반쯤은 시인 같고 또 반쯤은 알코올 중독자 같은(그들은 사물을 삼중으로 보았으므로) 불량소년들의 모임에 가담한다.

베를렌은 자신이 보호하는 소년을 녹색 탁자로 데려간다. 크로스, 발라드, 메라, 에카르 등, 이름은 잊었으나 밤이면 그들의 그림자들이 생-미셸 대로에 자리한 '호텔 데 에트랑제'에 어른거렸던 시인들 주위로. 나는 이 구역에 살고 있다. 오늘날엔 《일각수와 함께 있는 귀부인》[16]을 그리려고 중세 미술관을 찾는 미술 학생들이 이곳을 지나다닌다.

그들은 함께 아카데미와 과장된 몸짓을 조롱했다.

---

15 폴 드므니에게 보낸 편지(1871년 5월 15일자)에서 랭보는 쓴다. "보들레르는 시인들의 왕이고, 최초의 견자이며, 진정한 신입니다."

16 클뤼니 중세박물관에 소장된, 15세기 저작물로 추정되는 작자 미상 작품.

그들은 자신들의 불손한 동맹에 이름을 붙였다. 쥐티스트들zutistes[17]! 쥐티슴은 대리석처럼 견고하다고 자처하는 모든 석고상에 엉덩이를 훤히 까보이는 운동이다.

역사의 모든 청년은 언제나 늙은 달을 쓰러뜨리고 싶어 했다. 그들 시대의 천장에 자신의 등불을 매달기 위해. 다다이스트들도 쥐티스트, 펑크도 쥐티스트, 러시아 유대인들도 쥐티스트, 랩퍼들도 쥐티스트들이다. 그들은 외친다. 미래는 없다! 우리는 이 슬로건을 좋아했다. 그러나 어느 날, 이 슬로건을 외치던 이들도 과거가 되었다. 모든 건 흘러간다. 심지어 미래조차….

유럽 역사의 예술적 이탈은 아르튀르의 탄생 이후인 19세기 말엽에 일어난다. 사람들은 그걸 '아방가르드'라고 부른다.

미술에서 입체주의는 원근법을 파괴하고, 아폴리네르는 시를 가지고 재주를 부리고, 라벨은 음악을 폭포수처럼 쏟아지게 한다. 독일에서는 형태의 모든 형태를 목조른다. 빈에서는 모든 걸 전복한다. 연대순, 가

---

17 제기랄, 빌어먹을, 젠장 등을 뜻하는 감탄사 '쥐트zut'로 만든 조어로, 샤를 크로스가 주도한 시동인 이름이다.

치, 형태, 슈트루델[18]까지.

그래서 랭보가 제 악보를 연주하는 것보다 20세기 초에 피카소가 제 악보를 연주하기가 훨씬 쉬워진다. 1900년은 이미 제 후견인들과 뻣뻣한 목깃에서 해방되었다. 아방가르드는 시작되었고, 궤적을 따랐다. 그리고 피카소는 우상파괴의 선지자로 공식 우상이 되는 역설적인 인물을 구현한다.

랭보는 너무 앞서간다. 그는 아직 허물을 채 벗지 못한 아방가르드의 앞뜰에서 보호난간 없이 춤춘다.

그를 이해하는 사람은 거의 아무도 없다.

---

18 오스트리아 전통 과자.

랭보의 재활용

태양의 불행은 모든 인간을 비추는 데 있다. 그래서 저마다 빛의 특혜를 받는다고 생각한다. "태양이 나를 향하고 있어! 내 그림자가 오직 나를 에워싸고 돌고 있는 게 그 증거야!"

랭보는 모든 예배당의 대표들에 의해 잘게 해체된다. 자기 자신을 복구할 책임은 그에게 있다. "나는 타자다"라고 너무 외치면 자신을 독수리들에게 내주게 되기 때문이다. 랭보 시의 난해성은 모든 독자에게 로제타석을 해석하는 샹폴리옹을 자처할 기회를 제공한다. 해설가들은 생각했다. "《일뤼미나시옹》은 수수께끼 같아서, 우리가 할 일은 그 의미를 밝히는 것이다!"

문학, 철학, 미학의 학파들, 심지어 정치 당파들의 수장들까지, 모든 분야에서 랭보를 징집한다. 이데올로기 징집소는 아무에게나 열리지 않는다! "이 진보주

자는 우리 사람이야!" 한쪽이 말한다. "그는 고전주의
자야!" 다른 쪽이 말한다. 저마다 모델에 제 형태를 부
여한다. 러시아 속담 하나가 인간의 이 오래된 성향을
잘 예시한다. "나무꾼이 도끼를 들고 숲에 들어가자 나
무들이 속삭인다. '기운 내, 자루는 우리 편이잖아!'"

조제프 델테이[19]는 이렇게 말했다. "저는 기독교인입
니다. 제 날개를 보세요. 저는 신앙 없는 자입니다. 제
엉덩이를 보세요." 이 삶에서 모든 건 관점이다! 이런
작업들에서 제대로 대접받지 못하는 건 깃발로 변한
창조주다.

랭보는 죽고 나서 신구논쟁[20]의 쟁점이 된다. 예비
신자들도 자유사상가들도 그의 유해를 가지고 다툰다.
시신 위를 맴도는 독수리들도 언제나 선의를 품고 있
다. 시에 대해서는 다시 얘기할 것이다.

재활용품 고물상에는 복사服事가 된 랭보도 있다. 그
의 누이동생 이자벨은 1891년부터 그를 쉴피스 성당

---

19 Joseph Delteil(1894~1978). 프랑스의 시인.

20 17세기 말부터 고대문학과 근대문학의 우열을 둘러싸고 프랑스에서 벌어진
논쟁으로 고대파와 근대파 논쟁이라고도 한다.

에서 파는 성물처럼 조각하기 시작했다. 오빠가 마르세유 병원의 고통스러운 침상에서 하느님의 품으로 귀의했다며, 그녀는 죽어가는 오빠의 이마를 말끔히 닦았다. 그녀는 1891년 10월 28일에 어머니에게 보낸 편지에 쓴다. "이제 내 곁에서 죽어갈 사람은 하느님에게 버림받은 불행하고 가련한 이가 아니에요. 의롭고 성스러운 순교자요 선민이에요!" 성당 앞뜰에서 이루어진 마지막 만남의 수수께끼에 대해 우리가 어찌 알겠는가? 어쩌면 그 대화가 사실인지도 모른다. 어쩌면 이자벨이 지어낸 것인지도 모르고. 누구도 알지 못한다. 죽어가는 몸이 판돈을 거는 도박판이 되어서는 안 될 일이다!

폴 클로델은 천재의 은총이 어디에서 오는지 안다고 생각했다. 그는 랭보의 《시》 서문에 이렇게 쓴다. "그러니 높은 곳의 의지가 그를 부추긴다고 생각하는 게 그리 무모한 일일까? 우리 모두 그분의 손안에 있는데." 아멘, 클로델 형제여.

1924년 앙드레 브르통과 루이 아라공은 랭보의 미간행 텍스트인 《사제복 속의 심장Un cœur sous une sout

ane》[21]을 출간하는데, 클로델보다 덜 종교적이라 할 것
도 없다(자신들 나름의 숭배를 드러내므로). 반교권적인 이
풍자문은 젊은 성직자의 호르몬성 딸꾹질을 묘사한다.
그가 두른 거친 천도 림프샘의 욕구를 꺼뜨리지 못한
다. 초현실주의 교회와 공산주의 교회의 두 사제는 서
문에서 이렇게 말한다. "이 원고로 가톨릭 신자 랭보라
는 신화를 뒤집게 되어 기쁘다. 시라는 정원에 놓인 돌
멩이 같은 가톨릭 종교를 대체 누가 우연의 유희 속에
슬쩍 밀어 넣었을까? 우리는 예견된 대필작가들이 아
니다. 이제, 아직 감춰져 있던 것을 윤리적 약탈로부터
해방한다. 오직 저항 정신의 먹잇감이 되도록. 신이라
는 생각을 허용하는 구실이 되는 그 유명한 동의에 대
한 제동이요, 어두운 도전이 되도록". 이렇게 브르통 형
제는 랭보를 그리스도의 교회에서 빼내어 자신의 교회
에 집어넣는다. 초현실주의라는 교회에.

　1924년의 선언문에 브르통이 제시한 초현실주의 정
의는 랭보의 팽팽한 긴장감을 고스란히 흡수한다. "초

21　1870년 7월 18일 랭보가 이장바르 선생에게 맡긴 원고로. 1924년에 185부를
판매용으로 출간하면서 루이 아라공과 앙드레 브르통이 서문을 쓴다.

현실주의는 그 이전까지 무시되었던 어떤 종류의 연상 형식이 지닌 우월한 현실성과 몽상의 전능함과 사고의 무사 무욕한 작용에 대한 신뢰에 기초를 둔다." 브르통 형제는 자신의 고유한 권위에 부여한 무한한 믿음 속에서 자신의 새 종교를 주창한 뒤 자신의 예배당에 받아들인 시인들의 이름을 발표한다. 그는 좋아하는 게페우[22]의 방식대로 자신의 교회 일원들의 목록을 작성한다. 랭보는 운이 좋아서 그 목록에 든다. "랭보는 삶의 실천과 그 밖의 일에서 초현실주의자다." 아멘, 브르통 형제여! 그러나 1930년, 두 번째 선언에서 이 초현실주의 사제는 자신이 모집해온 신병을 내쫓는다. "랭보는 틀렸다. 랭보는 우리를 속이려 했다. 그는 자신의 사유에 클로델 유형의 불명예스러운 해석들을 허용하고, 전적으로 불가능하게 만들지 못했다는 점에서 우리 앞에 죄인이다."

평화주의자들이 쉽게 방아쇠를 당기는 것과 마찬가지로, 성찬에 사족을 못 쓰는 자들은 파문에 대한 열정

---

22 소련의 국가정치보안부.

을 품는다.

어떻게 풀어야 할까? 이 별똥별을 어떤 교회에—클로델의 교회나 브르통의 교회—결부시켜야 할까? 라바숄[23]마저 하얗게 질리게 할 반교권주의적인 풍자(〈첫 성체배령〉, 〈교회의 가난한 자들〉)를 썼는가 하면, 같은 손으로 파스칼 풍의 시도 썼으니.

그런데 아주 최근에 마지막 꽥! 소리를 지를 뻔하고 나는 옛 향연의 열쇠를 찾아볼 마음을 먹었다. 거기서라면 혹시 식욕을 되찾을지도 모른다. 그 열쇠는 바로 자비다….

아, 결단코, 징집 담당 하사들은 신병을 모집하면서 거칠게 굴기만 할뿐, 인간의 신비와 존재들의 반짝임에는 거의 신경 쓰지 않는다.

---

23 François Claudius Koenigstein(1859~1892). 라바숄Ravachol로 알려진 프랑스의 전설적인 파괴적 아나키스트.

정치적 재활용

정치적 랭보를 파는 가게에는 바리케이드의 랭보가 있다. 진보 진영에서 랭보는 자랑스러운 신병이다. 학창 시절에 실행한 여러 번의 가출 중 한 번은 그를 1871년 봄, 코뮌[24]이 한창이던 때의 파리로 데려갔다. 이것이 그를 봉기의 신화 속에 집어넣을 기회가 되었다. 모든 프랑스인에겐 소요의 취향이 있다(소요가 대문 가까이에서 일어나지만 않는다면). 아르튀르는 국민군에 지원했을까? 1873년 6월 26일의 경찰 문서는 그렇다고 기록하고 있다. 그러나 우리는 그가 베르사유에서 파견된 군대가 진압을 시작하기 전에 샤를빌로 돌아왔다는 사실도 안다.

누구를 믿어야 할까? 전기작가들은 언쟁을 벌인다.

---

24 1871년 프랑스–프로이센 전쟁에 패한 후 성립된 프랑스 임시정부가 독일과 굴욕적인 강화조약을 맺자 파리 시민과 노동자들이 봉기해 수립한 자치정부로 3월 18일부터 72일간 존속했다.

저마다 랭보를 자기 음역에 맞춘다. 보수적인 편인 이 장바르 선생은 국민군 랭보 쪽으로 기울지 않는다. 베를렌은 《레좀 도주르디Les Hommes d'aujourd'hui》에서 랭보를 가브로슈 같은 반항아로 그린다. 랭보가 1871년 5월 13일에 쓴 시 한 편은 불결한 공동침실을 그린 것이다. 국민군에 가담했을 때의 기억일까? 그런 것이라면 봉기 가담자들에게는 침울한 홍보가 되겠다. 랭보는 그 시에서 자신의 "고문당하는 마음"과 변질된 군대의 쇠락을 그린다.

나의 슬픈 마음은 선미로 거품 내뿜는데,
나의 마음엔 카포랄 담배 연기 가득하다.

랭보는 반항의 아이일까? 무심한 댄디일까? 그의 입대에 관심을 가져야 할까? 시가 거기서 얻을 건 아무것도 없다.

프랑스식 열정인 이데올로기의 부엌에서 랭보는 온갖 소스로 요리된다. 진보주의자들이 보기에 그는 민중의 대의와 함께한다. 전통주의자들이 보기에 이 **방랑**

자는 중세 이미지들에 충분히 헌신했으니 사소한 일탈 쯤은 용서할 만하다.

에티앙블[25]은 50년대에 '랭보 신화'라는 표현을 버리고, 해석이라는 '바보짓'이 초래한 시의 오염을 고발한다. '랭보 신화'는 더없이 모호한 시인을 스펙터클 사회의 고기분쇄기에 집어넣는 이행이다.

자신이 포기한 것들을 위로받기 위해 20세기에는 언제나 시인들의 얼굴이 필요했다. 가능하다면 저주받고, 자유를 좋아하며, 막연히 무정부주의적 성향을 띠어서 언제나 질서의 적인 시인들이 필요했다. 추한 경제와 광적인 기술이 시대를 들볶는다. 광대들이 필요하다. 악마적인 천사인 랭보가 안성맞춤이다. 게다가 젊기까지 하다! 사랑스러운 용모까지 겸비한 완벽한 아이콘이다. 티셔츠가 팔릴 것이다! 그러나 사육제 축제처럼 랭보를 추종하는 이들은 근본적인 사실을 회피한다. 인간 존재의 모호성 말이다. 있을 수 있고, 게다가 바람직한 이중성을.

---

25 René Etiemble(1909~2002), 프랑스의 평론가, 소설가.

아르튀르는 하나의 원형으로 단순화되지 않는다. 그의 궤적은 상반된 것들을 끌어당긴다. 파괴자 옆에 우등생이 있다. 전자는 학자들을 겁에 질리게 하고, 후자는 고전적 취향에 끌린다. 소양 없는 우상파괴자들에게 던지는 랭보의 교훈은 이것이다. 우상을 전복하기 전에 인문학부터 공부하시라!

자유주의자에 불손하고, 부르주아 질서를 비웃는, 대로大路의 유랑자 옆에는 안정된 삶의 꿈을 아프리카의 길에서 좇는 아덴의 사업가가 있다. 그는 1881년 9월에 가족에게 보낸 편지에 이렇게 쓴다. "내가 세상에 바라는 건 그저 좋은 기후와 적절한 일자리뿐이에요." 그렇다. 아방가르드 동지들이여! "절대적으로 현대적인" 랭보 곁에는 휴식을 갈망하는 아프리카의 랭보가 있다. "결혼하지 않아 가족을 만들지 못한 걸 후회해요"(1883년 5월). "온갖 형태의 사랑, 고통, 광기"를 찾던 그가 1881년 5월에 가족들에게 이렇게 쓴다. "마침내 우리가 이 삶에서 몇 년이라도 진짜 휴식을 누릴 수 있을까요." 프랑스의 심장들 가운데 가장 전격적인 심장이 태양과 힘겨루기를 하고 나서 절제를 갈망하는 것이다. 디오니소스가 아폴론 앞에 고개를 조아리는 격이다.

"절대적으로 현대적"이라는 건 어쩌면 자원 약탈, 동물 말살, 무기 유통을 조직한다는 의미일지도 모른다. 현대성과 진보에 대한 이 정의(우리의 정의)를 따른다면 아르튀르는 자기 바람에 충실했다. 그는 1883년에 회사 사장 바르데에게 보낸 편지에 이렇게 쓴다. "호랑이, 표범, 사자 사냥꾼들을 파견했고, 가죽을 벗겨 달라고 주문했습니다."

베를렌이 꿈꾸는 꿈의 유격대인 바리케이드의 랭보 곁에는 밀수업자가, 사막의 여우가, 무질서에 능수능란한 인물이 있어 변변찮은 물건을 뒷거래하고, 악마의 태양 아래에서 금을 찾는다. 그는 1890년 12월에 납품업자 알프레도 일그에게 이렇게 쓴다. "아주 좋은 노새한 마리와 젊은 남자 노예 두 명을 주문한 걸 다시 확인합니다."

대학 연구자들이 아르튀르가 인간의 육신을 밀거래한 적은 없었음을 입증할지라도, 그가 아랍-이슬람 노예업자들과 알고 지낸 건 사실이다.

사탄 같은 아름다움으로 올림포스산을 놀라게 한(머

그간에 박히기 전에) 나쁜 남자 곁에는 그리 **프렌들리**하지 않은 무역 수단을 이용하는 사업가가 있다. "흑인들의 동맹으로 남든가 아니면 흑인들을 전혀 건드리지 않든가 해야 합니다. 보는 즉시 그들을 완전히 압살할 수 없다면 말입니다." (알프레드 일그에게 보낸 1888년의 편지).

살아서 랭보는 오해를 낳았다. 1890년 7월, 어느 잡지사 주간은 그가 "상징주의의 수장"이 되었다고 알린다. 그러기 한 해 전, 어느 통신원(폴 부르드)은 이런 편지를 보낸다. "그토록 멀리 떨어져 계시니 아마도 선생께서는 파리의 아주 작은 소모임에서 전설적인 인물이 되신 걸 모르시겠군요"….

그렇다, 그는 알지 못했다! 알았더라도 아랑곳하지 않았을 테고, 기껏해야 애석해했을 것이다. 아프리카 사람이 된 랭보는 '싸구려 술' 같던 그 과거를 잊었다. 그는 자신을 고용한 사장의 아들에게 자기 시작품을 그렇게 묘사했다. 옛 음유시인에겐 이제 다른 목표가 있다. 시세차익이었다.

랭보는 대외사업에 재빨리 가담한 68혁명 세대들의 얼굴을 예고한다. 펠릭스 페네옹이 1886년 10월 〈르 생

볼리스트〉지면에서 《일뤼미나시옹》을 "모든 문학 밖에 자리한, 그리고 아마도 모든 문학 위에 자리한 작품"으로 소개할 때, 랭보의 대상隊商은 "뇌관총 1750자루와 레밍턴 총 20자루"를 싣고 쇼아 왕국으로 떠난다.

이즈음 신화 제작이 전력으로 가동된다. 1889년 8월, 베를렌은 발표한다.

천사이자 악마인 필멸의 인간, 그대 랭보,

나의 이 책에서 최고의 자리는 마땅히 그대의 것,

멍청한 삼류작가가 그대를 방탕한 애송이로,

미숙한 괴물로, 술 취한 어린 학생으로 취급했을지언정.

베를렌은 영벌 받은 랭보의 영혼을 위해 눈물을 흘린다. 바로 그 순간, 랭보는 알프레드 일그에게 하라르의 세관을 통과한 물품 신고서를 보낸다. 상아와 낙타가 포함된 물품이다. 아, 빌어먹을! 그는 "천사, 악마, 필멸의 인간"의 심연에서 얼마나 멀리 떨어져 있는가. 그의 회계를 맡던 가게주인은 이렇게 말한다. "하라르에서 보낸 당신의 커피 자루 무게에는 저한테 불리하게 작은 오류가 있네요."

랭보라는 프랜차이즈 재활용과 사원을 건립하려는 시도는 오늘날까지 그런 식으로 계속되었다.

이 어린 시인은 정신분석 측면에서는 일종의 노다지다. 헨리 밀러는 아르튀르에 관해 쓴 에세이에서 랭보의 어머니를 "어리석음, 편협함, 오만과 고집의 화신"으로 그린다.

랭보는 게이라는 대의에도 전설이다. 가련한 어린 아르튀르가 베를렌을 사랑하지 않았던가? 그가 "나는 돼지를 사랑했다"라고 썼다는 건 중요치 않다. 어쨌든 사랑이었으니까. 베를렌-랭보의 사랑의 힘이 선명하게 표현되지 않은 것도, 동성애와 천재성의 비례관계가 밝혀지지 않은 것도 중요치 않다. 재활용의 원동력은 논거 자료의 확고함이 아니라 주장의 맹렬함에 있기 때문이다. 베를렌이 1875년에 동성애 혐오의 분위기가 짙은 10행시에서 랭보의 "고문당하는 마음"을 패러디했다는 것도 중요치 않다. "나의 가련한 마음은 무엇에 침 흘리나! 똥에 침 흘린다!"

어떤 대의를 위해 말을 끌어쓰는 일은 희생양을 낳

는다. 그 희생양은 바로 시詩다.

시인들은 활동가도 아니고, 길거리 책방의 호객용 선반도 아니다.

문학사에서 살아있는 존재의 신화적 구축이 모델의 현실과 이토록 동떨어진 경우는 드물다.

1886년에 페네옹은 말했다. "랭보는 상징주의자들의 머리 위에 신화적 그림자로 떠돈다." 현실에서 랭보는 전혀 떠돌지 않는다. 그는 모랫길 위에서 고생한다.

필립 K. 딕[26]의 시공간적 훑어보기처럼 대척점에서 공존하는 두 실존은 그렇게 작동한다.

현실 세계의 랭보는 꿈의 세계의 랭보를 결코 만나지 못한다. 그는 마르세유 병원에서 감염으로 먼저 죽는다. 다른 랭보는 에티오피아 황제에게 총을 판다. 그렇다, 정말이지 그의 말대로 "나는 타자다."

타자들이 이 "나"를 가지고 놀 때 특히 그렇다.

파스칼은 말했다. "우리는 홀로 살고, 홀로 죽는다." 인간은 자신을 잘 알아보지 못하고, 알아볼 것 같다 싶

---

26 미국 SF의 거장.

을 때는 독당근을 삼킨다. 그런데 함의의 고고학자들은 스스로 "전설적인 오페라"가 되었다고 말하는 열일곱 살의 초신성에 대해 많이 안다고 주장한다. 더구나 아르튀르는 랭보의 비밀에 천착할 미래의 분석가들을 냉대한다. 그는 말한다. "이 야만적 퍼레이드의 열쇠는 오직 내게 있다."

랭보병—랭보를 차지하려는 질병—은 오늘날까지 이어지고 있다. 그러나 살아 있는 모델과 상반되는 원형의 시인을 하나의 대의에 연결 짓기 전에, 우리는 오늘날엔 거의 실행되지 않는 훈련에 몰두할 수 있을 것이다. 다시 말해, 그의 작품을 읽는 것이다. 랭보의 진실, 그의 가치와 그의 영원성은 그의 시 속에 있지 그의 삶, 그의 작품, 그의 시대의 모순이나 화해 속에 있는 것이 아니다.

우리는 망나니 랭보를 온갖 시렁에 내걸었다. 때로는 순수한 음악성마저 무시하고서. 아나키스트 랭보, 파리코뮌 가담자 랭보, 부랑배 랭보, 펑크 랭보, 비트족, 천재 또는 야만인, 아방가르드 예술가, 모더니스트, 음유시인 또는 미래파. 이 무슨 자선바자인가!

르네 샤르는 단호히 말했다. "시인 랭보, 이것으로 충분하고, 이것으로 무한하다."

사람에게서 탄생한 작품이 있다.

한쪽은 다른 쪽의 자식이다. 그러나 시인들의 말이 독자들의 영혼으로 인도되기 위해 꼭 그 창작자의 인상착의가 필요한 건 아니다.

함의含意 타도!

랭보가 말하면, 세상이 나타난다. 때로 그건 그저 순수한 아름다움을 회절시키는 일일 뿐이다.

시는 석영을 깎는다.

《지옥에서 보낸 한 철》에 수록된 〈말의 연금술〉에서 아르튀르는 빛과 물의 결혼을 묘사한다. 1882년 모네가 푸르빌에서 그린 듯한 일몰의 묘사는 더없이 어려운 문학 수련이다. 대개 그것은 키치와 범용, 권태의 영역이다.

랭보는 팔을 하늘 쪽으로 뻗고 아이폰으로 사진을 찍지 않는다(이 몸짓은 접속된 인간의 기도다). 그는 이런 글을 선호한다.

그것을 되찾았다!
무엇을? 영원을.

그것은 태양과

뒤섞인 바다.

영원, 바다, 태양.

세 마디 말로 된 우주.

그는 이 시가 "가능성에 붙여진 익살스럽고 길 잃은" 표현에서 나온 것이라고 말하지만, 말이라는 보잘것없는 무기로 그는 사진보다 무한히 많은 걸 내놓는다. 그에겐 고화질 기계는 없지만, 고화질로 규명해야 할 무언가가 있다. 그에겐 고프로GoPro는 없지만, 프로의 말이 있다. 그에게 드론은 없지만, 눈길이 있다. 그에게 기계는 없지만, 말이 있다.

우리는 의미를 찾지 않고 여러 관점을 펼치며 랭보의 시를 읽을 수 있다. 어려운 일이긴 하다. 대개 인간은 숨은 의미가 있다고 믿는 걸 좋아하니 말이다. 수천의 해석자들은 랭보가 제 신념을 감추고, 제 비밀을 은폐했기를 바랐다.

모든 해독자는 암호화되었음을 논증함으로써 자신을 정당화한다.

1936년에 에티앙블은 랭보의 시 〈대홍수 이후〉에서 파리코뮌과 민중의 봉기를 찬미하는 정치적 선언을 집요하게 본다. 샹폴리옹을 자처하는 자에게는 모든 것이 현실감각을 잃는다. 어쩌면 에티앙블이 옳았고, 아르튀르가 베르사유의 명령에 맞서는 편에 섰는지도 모른다. 예술가는 제 시대의 진흙탕에 펜을 담그길 늘 피해야 한다는 생각은 나랑 거리가 멀다.

하지만 가끔은 랭보의 시를 그 자체로 충족한 전망을 낳는 순수한 이미지들의 회전목마로 바라보자!

랭보의 자기성自己性[27] 만세! 아르튀르 표지판의 단독적인 아름다움과 순수한 영광 만세! 때때로 시는 벌판의 불처럼 그저 순수한 원천으로 남는다. 사랑처럼, 아름다움처럼. **제 빛과 제 그림자를** 만들어내는 모태처럼. 함의도 없이 의미도 없이!

---

27 타인과 자신을 구별해주는 자체만의 성질.

말의
노래

파우스트가 되다

아르튀르 랭보는 한 가지 계획을 이끈다. 말로 세상을 바꾸려는 것. 1854년 랭보라는 수류탄은 황제 치하의 19세기, 맹렬히 산업적이고, 미학적으로 섬세하며, 자신만만한 19세기 오스만 양식의 책걸상에 앉아 스스로 안전핀을 뽑는다. 빅토르 위고는 망명 중에도 인간에 대해 절망하지 않는다. "보편적 평화에 다름 아닌 질서가 확립될 때까지, 조화와 화합이 지배할 때까지 진보는 혁명의 과정을 거칠 것이다"《레미제라블》.

죽음에 가까워진 1841년의 샤토브리앙에게서도 같은 희망이 보인다. "그러나 또 한 번 혁명이 일어난다면, 그것은 개별 혁명이 아닐 것이다. 종말을 향해 가는 대혁명이 될 것이다"《사후 회상록》.

어린아이를 내려다보는 대리석 조각상들은 이 허튼소리를 믿는다. 인간의 개선 가능성을 말이다. 쥘 베른은 네모 선장을 바다 밑으로 보내고(1870년), 포탄을 쏘아 달의 눈에 박는다[28]. 과학은 진보하고, 산업은 으르렁거리고, 증기는 휘파람 소리를 내고, 파스퇴르는 백신을 발견한다. 파리는 환히 불 밝혀지고, 극장은 한창 북적이고, 대로들은 세상의 축이 되고, 해저 전신은 해안을 잇고, 교양 있는 부르주아 계층은 산업을 지탱하고 예술을 후원한다. 집단 무의식은 진보를, 과학을 믿는다! 자신이 만든 비행체를 타고 이륙하는 클레망 아데르[29]에게 온 국민이 박수갈채를 보낼 것이다! 요컨대, 희망과 공공 조명이 있다!

끝나가는 세기는 기술의 하이에나들에게 세상을 내주게 되리라는 걸 알지 못한다. 곧 베르덩 전투가 일어날 것이고, 언젠가, 그보다 더한 인터넷이 등장할 것이다! 당장은 진보가 진보하고 있다. 그것이 아직은 인간에게 등 돌리지 않았다.

아르덴 골짜기에서 한 어린 학생은 박수갈채를 보내고 싶지 않다. 그는 인간 모험 전체를 다시 쓰고, 세상

---

28 쥘 베른의 《해저 2만리》와 《달나라 탐험》 참고.
29 항공학의 선구자로 꼽히는 프랑스의 발명가.

을 다시 구성하고, 언어를, 자연을, 사랑을 재창조하고, 의미들을 해체하고, 모든 걸 다시 시작하고, 모든 걸 찢고, 모든 걸 수선하고 싶어 한다. 위고는 모든 걸―거미부터 신까지―묘사하고 싶어 했고, 니체는 모든 걸―기독교부터 낭만주의까지―파괴하고 싶어 했다. 랭보는 모든 걸―풍경부터 사랑까지―다시 표명할 것이다. 시골 청년은 자신을 빅뱅처럼 생각한다. 그는 열여섯 살이고, 샤를빌에 살고 있다. 세상은 잘 버텨야 할 것이다.

그가 언어라는 무기만으로 제 목적을 이루는 건 기적이다. 그가 성공했음을 보여주는 첫 번째 증거는 천재성에 대한 보들레르의 정의대로 그가 상투어들을 만들어낸다는 것이다. 상투어란 작가가 죽고 더는 아무도 그를 읽지 않을 때도 산 자들의 언어에 남는 것이다. 150년이 지난 지금, 우리는 이 어린 학생이 쓴 표현들을 사용하고 있다. "나는 타자다. 사랑은 재발명되어야 한다. 아브라카다브라스러운. 진짜 삶은 부재중이다. 사랑을 창문 너머로." 이것은 어린아이의 말들이다. 하지만 괴물 같은 어린아이의 말이다.

언어를 바꾸겠다는 건 2021년 사이버 가축의 일원들인 우리 타자들에게는 황당무계한 임무처럼 보인다. 정치인들이 "스타트업 국가를 경영"하겠다고 주장할 때 우리는 사회가 **로고스**에서 벗어났다고 간주할 수 있다. 21세기에 언어는 더이상 역사를 조각하지 않는다. 스펙터클은 언어 없이 이루어진다. 스크린은 말을 감춘다. 그런데, 랭보의 시대는 아직 언어가 지배했다. 세상을 바꾸기 위해 사람들은 언어를 탓했다.

랭보의 계획은 파우스트식 계약이다. 악마는 파우스트의 영혼을 받고 세상의 비밀을 푸는 열쇠를 내주었다. 랭보는 결코 알지 못할 행복을 내주고 그의 천재성으로부터 언어의 열쇠를 받았다.

시인 드므니에게 보낸 편지에서 그는 개조 계획을 얘기한다. 요약하면, 바벨탑을 해체하고, 한 계절에 성을 다시 짓는 것이다. 랭보는 문학의 여러 세기를 돌아본다. 불량아로 가장한 예언자의 거만함을 드러내며 "늙고 어리석은" 문인들과 "수백만 해골들"로 이루어진 구경꾼을 손등으로 쓸어버린다. 그는 오직 한 가지만 바란다. 표현할 수 없는 것을 표현하는 것. "보이지 않는 것을 살펴보고, 들리지 않는 것을 듣는 것." 시인은 견자가 되든지 아니면 죽은 자가 되어야 한다!

그러므로 시인은 참으로 불을 훔치는 도둑입니다.

시인은 인류와 동물까지 짊어집니다. 그는 자신이 발명한 것들이 느껴지고 만져지고 들리도록 해야 할 것입니다. 그가 **저 아래**에서 가져오는 것이 형태가 있다면 형태를 부여하고, 무형이라면 무형을 부여합니다. 하나의 언어를 찾는 것입니다.

불을 훔치고, 언어를 찾고, 인류와 동물을 짊어지는 것. 이것은 프로메테우스, 파우스트, 구세주, 오르페우스를 한데 모은 임무다.

어린 아르튀르는 현대적인 야망을 품었다!

임무 완수

랭보는 야만인이다. 그의 목표는 고전적인 질서를 파괴하고, 사원의 폐허 위에 새로운 걸 세우는 일이다. "나는 체계를 장악하고 있다"라고 쓴 그는 성공을 의심하지 않는다. 고전 희극은 가성으로 앵앵거린다. 그것은 그의 공격에 쓰러질 것이다. "이 미신, 이 오래된 몸들, 이 가정들, 이 나이들 뒤로 무너진 건 이 시대였다."

마치 실스 마리아에서 니체가 망치질로 사원의 기둥을 박살 내는 것 같다.

어린 견자는 새 수액으로 세상을 쇄신할 원시적 야만성을 거듭 준거로 언급한다. 그는 1873년 들라에에게 쓴다. "나는 (…) 꽤 규칙적으로 일하고 있어. 짧은 산문 이야기들을 쓰고 있는데, 대체로 제목은 이교도의 책이나 흑인의 책이 될 거야."

《일뤼미나시옹》의 시 〈야만인〉에서 그는 참화를 이렇게 그린다.

몰아치는 서리에 비 내리는 불덩이들, 부드럽기도 해라! 영원히 타버린 땅의 심장이 우리를 위해 던진 다이아몬드 바람비에 붙은 불—오 세상이여!

목표는 이것이다. 세상의 경첩을 풀고 세상을 다시 일으켜 세우는 것. 프랑스군의 공병들에게는 이런 좌우명이 있다. **때때로 파괴하고, 자주 건설하고, 항상 섬길 것.** 이 공병대는 제니génie[30]라고 불린다. 공병 랭보의 좌우명은 이것이다. **항상 파괴하고, 모든 걸 재창조하고, 달아날 것.**

언어의 관습적 사용법이 어린아이가 세상을 말하는 데 더는 충분치 않다면 그건 아이의 잘못이 아니다. 그

---

30 '천재'를 뜻하기도 하고, '공병'을 뜻하기도 한다.

의 개조 작업이 성공한다면 그 결과는 증기기관의 발명, 원자의 핵분열, 또는 디지털 혁명보다 무한히 더 중요할 것이다. 인간은 말ᆯ이다. 언어를 바꾸는 건 인간을 다시 생각하는 일이다. 이 비밀을 떠올린 최후의 사람들은 실리콘 밸리의 실험실 연구자들이다. 그들은 글로벌-영리주의에 입각한 2진법 하부언어를 창조해 접속된 인간을, 다시 말해 이용 가능한 새로운 인간을 준비하고, 조건 지우고, 길들인다.

랭보는 모든 세기가 표방하는 빛 좋은 개살구인 진보를 비판하지 않는다. 그보다는 진보를 앞지를 생각이다.

그 언어는 영혼에서 영혼으로 이어지며 향기며 소리며 색채며 모든 걸 요약하고, 생각에서 생각을 붙들어 끌어낼 것입니다. 시인은 그의 시대의 보편적 영혼 속에서 깨어날 미지의 양을 결정할 것입니다. 그래서 진보로 향해 나아가는 자신의 걸음을 묘사하고 자기 생각을 표현하는 말 이상을 내놓을 테지요! 상식을 벗어나는 말이 표준이 되고 모두에게 흡수된다면 시인은 그야말로 진보의 증폭자가 될 것입니다!

〈견자의 편지〉에서 자신의 계획을 발표하고 2년 뒤, 그는 스스로 흡족하다고 자평한다. 1873년에 쓰고 같은 해 가을에 출간한 지적 유언인 《지옥에서 보낸 한 철》(베를렌에 따르면 비범한 심리적 자서전)에서 그는 새로운 세계를 창조하겠다는 계획을 결산한다.

> 나는 모음의 색을 발명했다! — A는 검정, E는 하양, I는 빨강, O는 파랑, U는 초록. 나는 각 자음의 형태와 움직임을 조정했고, 본능적인 리듬으로 수시로 온갖 의미에 다다를 시어를 발명하리라 자부했다. 나는 번역을 유보했다.
> 그것은 무엇보다 연습이었다. 나는 침묵과 밤에 관해 썼고, 표현할 수 없는 것을 기록했다. 그리고 현기증을 붙들었다.

그러니까 그는 표현할 수 없는 것을 표현해냈다. "조화로운 모든 가능성을" 탐험했고, 음역의 진동들을 가로질렀으며, 더없이 절묘한 비유들을 시도했다. 그리고 여러 음역을 뒤섞었고, 중세의 속어, 라틴어, '영어', 기술적 언어, 심지어 징벌 같고 포르노 같기도 한 언어를 말했다. 그는 다시 시를 해방했다(**순수한 사랑** fin'amor의 음유시인들은 12세기에 시를 해방했다). 그는 극단과 조예 깊은 미학을 섞으며 현학적이면서 투박한 언어를 확립했고, 말들에 이미지를 입혔으며, 이미지들을 말로 표현했고, 알파벳에 색을 입혔으며, 색채들을 말로 표현했고, 표현들을 괴발개발 그림으로 그렸고, 형태를 빚었고, 단호한 경구들로 집단 기억을 강타하고, 망치로 난해한 예언들을 분쇄하고, 섬세한 끌로 숭고한 표현들을 조각했다.

그가 언어를 고문한 건 언어를 숭배했기 때문이다. 그는 사랑을 재발명하길 바랐고, 말을 재발명했다. 요컨대 그는 파우스트**였다**! 그렇게 믿었기에, 자신이 신을 대체했음을 의심하지 않는다. "나는 모든 축제를, 모든 승리를, 모든 비극을 창조했다."

임무는 완수되었다. 랭보는《일뤼미나시옹》을 쓴다. 그런 다음 침묵한다. 또 다른 미지인 현실 속으로 뛰어든다. 모험은 모든 말들을 다 써버렸을 때 찾아가는 곳이다.

> 나는 나를 앞서간 모든 이들과는 아주 다른 가치를 지닌 발명
> 가다. 사랑의 열쇠 같은 무언가를 찾은 음악가이기도 하다.

그는 마치 《이 사람을 보라》의 한 장에 "나는 왜 이렇게 좋은 책을 쓰는가"라는 제목을 붙이는 니체 같다. 랭보는 **열쇠**라는 말을 사용한다. 언어는 세상이라는 자물쇠를 여는 열쇠다. 니체는 문들을 강제로 열기 위해 망치를 사용했다. 랭보는 제 만능열쇠를 가지고 있다. 그 열쇠는 바로 사랑이다!

아르튀르의 계승자들—학자, 서기, 예술가, 소설가와 시인, 그리고 단순한 독자인 우리—은 어떻게 아무 일도 없었던 것처럼, 아무것도 뒤집히지 않은 것처럼, 말의 질서가, 다시 말해 세상의 질서가 이동하지 않은 것처럼 나아갈 수 있겠나?

20세기의 문학은 지진과 타협해야만 했다. 'R 계획'을 모른 척할 수가 없었다!

견자는 사물을 다르게 말하라고 명령했다. 랭보는 그의 뒤를 잇는 사람들의 자기만족 속에 박힌 가시다.

현실에 충성하다

시인이 눈길로 풍요롭게 만들지 않는다면 세상은 생기 없는 상태로 남을 것이다. 우리 주위의 모든 것이 잠들어 있다. 삶은 푸른 시간 속에 굳었고, 들판은 화석이 되었고, 자연은 허공에 떠 있다. 현실은 겨울잠을 자고, 우리는 그 머리맡을 지키며 가련하게 잠든다. 시인이 지나가며 현실에 생기를 준다. 세상이 몸을 부르르 떤다! 잠든 심장들이여, 깨어나라! 라고 16세기에 클레망 자느캥은 노래했다.

랭보는 이렇게 노래했다.

궁전 앞에서는 아직 아무것도 움직이지 않았다. 물은 죽었다. 어둠의 진영은 숲길을 떠나지 않았다. 나는 생생하고 따뜻한 입김을 깨우며 걸었다. 돌들이 바라보았고, 날개들이 소리 없이 날아올랐다.

어느새 창백하고 싱그러운 빛이 가득한 오솔길에서 일어난 첫 시도는 어느 꽃이 내게 제 이름을 말한 것이다.

베를렌이 《저주받은 시인들》에서 쓴 것처럼, "가장 큰 숲속 학교로" 가기 위해 아르덴의 오솔길을 걷는 그를 상상해야 한다. 랭보는 달아나면서 길에서 심상들을 얻기를 바랐다. 그의 방랑은 발자취였다. 그는 걸어서 벨기에로, 파리로 갔다.

그는 볼 줄 알기에 걸을 줄 알았다. 유연하게 나아갔다. 여름의 아르덴과 가을의 뫼즈는 빛과 그림자가 가로지르는 마법의 세상이다. 초자연적 지리가 펼쳐진다. 가시덤불, 초목, 늪, 그리고 일본인들이 말하는 코모레비[31], 나뭇잎 사이로 비치는 빛줄기가 사방에 쏟아진다. 1870년(그는 열여섯 살이다)의 어느 시에서 그는 자신의 산책을 이렇게 묘사한다.

여름날 푸른 저녁, 나는 오솔길로 가리라,

---

31 こもれび, '나뭇잎 사이로 비치는 햇빛'을 뜻하는 일본어.

밀이삭에 찔리고 잔풀 밟으며.

조금 더 뒤에서 이렇게 덧붙인다.

나는 말하지 않으리라, 아무 생각 하지 않으리라.

그는 옹플뢰르를 향해 걸으며 빅토르 위고의 시를 생각한다. 교육자보다 선생을 만나는 행운을 누린 학생이라면 누구나 위고의 이 시를 기억할 것이다.

나는 내 생각만 응시하고 걸으리라
바깥 아무것도 보지 않고, 어떤 소리도 듣지 않고.

왜 그는 말하지 않고, 아무것도 생각하지 않을까? 온 세상이 그를 대신해 노래하기 때문이다. 그는 산의 "생생한 숨결들"을 깨웠다. 그러자 꽃들이 그에게 말하고, 돌들이 그를 쳐다보고, '여신'이, 다시 말해 자연이 그에게 나타나고, 만물의 언어가 그에게 드러나는 것이다. "그러면 나는 장막을 하나씩 걷으리라." 견자는 세상을 발견한다. 창조로 걷히는 하이데거의 안개 너머 드러나는 건 자연이 아니라, 비밀에 이르기 위해 안개를 열어젖히는 오르페우스다.

여신은 감춰진 뒤쪽 세상을 그에게 보여준다. 그는 장소의 공식을 발견했다! 만물이 제 이름을 말하게 하려면 제대로 그걸 바라보기만 하면 된다. 시인은 덮개 닫힌 우리 눈에 새로운 사실을 가리는 거미줄을 치웠다.

마치 수액을 흡수한 식물과 소통하는 아마존 숲의 샤먼 앞에 선 것처럼, 산 자의 알파벳이 시를 짓는다. 시인은 받아 적기만 하면 된다. 그곳, 아야후아스카와 고함원숭이들의 숲속, 꽃들에게는 눈이 있고, 작은 초목에는 귀가 있고, 짐승들에게는 오직 오리노코강의 비밀을 전수받은 입문자만이 접근할 수 있는 언어가 있다. 뫼즈강 입문자의 심상들은 지각知覺의 고장(그가 썼듯이, **모든 감각의 교란**)에서 비롯되는 것도, 샤먼의 탕약을 섭취해서 오는 것도 아니다. 그 심상들은 만물에 고도의 관심을 쏟는 데서 온다.

시란 초현실이 되는 현실이다.

신비와 아편

종종 계시(일뤼미나시옹)는 일그러져 환각으로 변한다. 〈역사적 저녁〉 도입부를 보면,

스승의 손이 풀밭 위 클라브생에 혼을 불어넣는다. 연못 속에서는 카드놀이가 한창이어서 여왕과 총애받는 시녀들을 거울처럼 비춘다. 우리에겐 성녀들, 베일들, 조화의 맥락들, 그리고 석양에 입힌 전설적인 채색이 있다.

이 글은 어떤 물질(위반이 정말 위반이었던 19세기에는 독毒이라고 불렸던 것)의 영향으로 태어났을까?

취기와 문학의 결합은 진력나도록 오래된 기록이다. 이 주제는 마리화나 연기만큼 오래됐다. 따분할 정도다.

모든 청소년은 미쇼의 메스칼린[32], 불가코프의 모르핀[33], 드 퀸시의 아편[34], 융거의 LSD[35], 장 로랭의 에테

르[36], 버로스의 대마초[37]에 흥분하고, 저마다 부코스키[38]가 절대 술에서 깬 적이 없었다는 사실을 알고 좋아한다. 그리고 이렇게 변명을 댄다. "엄마, 나는 환각에 빠져요, 난 시인이에요, 마약에 흠뻑 취해서 색칠해요."

당연히 마리화나는 쥐티스트들 사이에서 통용되었는데, 그들은 그걸 압생트 술과 섞어 마셨다. 랭보는 《일뤼미나시옹》의 한 시에서 '독'의 정신적 효능을 인정하는 듯하다.

우리는 그대를 긍정한다, 방법이여! 그대가 어제 우리 세대 각각을 예찬했음을 잊지 않고 있다. 우리는 독을 믿는다. 우

---

32 시인이자 화가인 앙리 미쇼는 환각제의 힘을 빌려 내면세계를 탐구했으며, 메스칼린을 복용한 상태로 드로잉을 그리고, 《비참한 기적: 메스칼린》을 쓰기도 했다.

33 의사였다가 작가로 변신한 미하일 불가코프는 약물중독의 폐해를 그린 《모르핀》이라는 작품을 쓰기도 했다.

34 아편중독자였던 토머스 드 퀸시는 《어느 영국인 아편쟁이의 고백》을 썼다.

35 알레한드로 융거는 심장전문의이자 단식·해독 전문가로 해독에 관한 지침서 《클린》을 펴냈다.

36 에테르 중독자였던 작가 장 로랭은 19세기 말의 기이하고 병적인 취향을 자신의 환상작품들 속에 구현했다.

37 윌리엄 버로스는 마약중독 체험을 바탕으로 《정키》를 썼고, 대표작 《벌거벗은 점심》에서 마약환자의 환각과 공포를 산문시풍으로 그렸다.

38 찰스 부코스키는 알코올중독 작가로 유명하다.

리는 날마다 우리 삶을 고스란히 내놓을 줄 안다.

이제 **암살자들**의 시간이다.

〈마약에 찌든 문학〉에 끼워 넣어야 할 이 시는 아르튀르의 작품들 가운데 유일하게 마약이 암시된 작품이다. 마약에 취한 랭보에 대한 증언은 존재하지 않는다. 그런 언급이 너무 없어서 시인을 대마 구두를 신은 사나이로 상상하기는 어렵다. 천재의 섬광에서 인위적인 원천을 찾으려 드는 건 얼마나 고약한 일인가. 마치 아르튀르가 말을 불태우기 위해 자기 내면의 불에만 기댈 수 없다는 듯이. 마약은 그의 결핍을 고백하는 셈이 될 것이다. 마약이 그 흡연자들의 영혼을 인도하는 것이니.

만약 이미지들이 물질의 자식이 아니라면, 꿈의 세계에 뿌리를 내리고 있는 걸까?

그는 사랑하는 초원을 꿈꾸었다.

빛의 물결이, 건강한 향기가, 황금빛 솜털이

고요히 일렁이다 날아오르는 그곳!

아르튀르의 창작은 몽환에 어떤 빚을 졌을까? 정신과 의사들은 정신이 불면에서 수면으로 건너갔다가 의식으로 돌아오는 전복의 순간을 연구했다. 한쪽 경우, 뇌는 긴장을 푼다. 다른 경우, 뇌는 제정신으로 돌아온다. 매번 하나의 심상이 뇌를 가로지른다. 섬광처럼 번쩍이고 순간적이다. 그것은 "반수 상태의 이미지"다. 살바도르 달리는 1944년의 그림에 이 현상을 그렸다. **"잠에서 깨기 일 초 전, 석류 주위를 맴도는 꿀벌의 비행이 낳은 꿈."** 호랑이 두 마리가 괴물 같은 물고기의 아가리에서 튀어나오고, 물고기는 핏빛 과일에서 토해지고 있다. 웬 젊은 여자가 발가벗은 채 경사진 제방 위에 잠들어 있고, 호랑이들 앞에서 허공에 뜬 총검의 위협을 받고 있다. 메뚜기 다리를 단 코끼리 한 마리가 지평선을 지나고 있다. 이것은 정밀하고, 세련되고, 병적인 성적 악몽이다. 《일뤼미나시옹》은 반수 상태의 프레스코화일까?

나는 여러 날 잠에 빠졌고, 깨어나서도 여전히 더없이 슬픈 꿈들을 꾸었다.

〈말의 연금술〉

우리는 랭보가 장막을 걷기 위해 어떻게 했는지 결코 알지 못할 것이다. 비법이 있다면 너무 쉬울 것이다. 그걸 적용하기만 하면 될 테니까.

《일뤼미나시옹》은 "심상 제작에 관한 계시"라 불리지 않는다. 꿈, 몽상, 악몽, 흥분, 믿음, 분노, 압생트, 난잡한 품행, 기진맥진, 슬픔, 마약. 이미지의 잠재적 모태는 수없이 많다! 영감의 원천은 예술가의 신비로 남는다.

> 나는 정말 명료하게 공장 자리에서 회교 사원을, 천사들이 만든 북[39] 학교를, 하늘길 위에서 사륜마차들을, 호수 속 살롱을 보았다. 괴물들을, 불가사의들을.

이런 현실의 비틀림을 낳는 작동 요인을 알아봐야 소용없다! 인간 무리―당신, 나, 우리 동포들, 우리 형제들―는 자신이 풀을 뜯는 밭에 **있는 것**을 보는 데 만족한다. 인간 소들에게 풀은 초록이다.

---

39 타악기 '북'을 말한다.

그러나 때때로, 신들에게 축복받은(또는 "경우에 따라" 저주받은) 어떤 존재는 달리 지각한다. 그의 기관은 현실의 형태들에 맞춰져 있지 않다. 아르튀르는 "모든 감각의 교란"에 도달하길 갈망했다. 그 작업은 그가 세상에 오는 즉시 이미 완수되었다.

상상의 미술관

《일뤼미나시옹》와《지옥에서 보낸 한 철》의 의미를 파악하느라 고생하지 않고도 그 전율을 느낄 수 있다. 시인이 무슨 말을 하고 싶어 했는지 아는 건 나중에 신경 쓸 일이다. 전언을 위한 시간이 있다. 만화경을 돌릴 시간도 있다.

눈을 감으면 어떤 목소리가 들리고, 색채들이 나타난다. 이것이 첫 번째 시도다! 수천 구절의 시구에서 랭보는 유럽 미학의 소재들, 장식들, 원형들, 문장紋章들을 끌어모아 이미지 스크린 날염을 한다. 베를렌은《일뤼미나시옹》을 "채색 접시들"이라고 불렀다. 그 채색장식은 그림이었다. 초상화들을 생동감 있게 담은 그림이었다. 그 초상화들은 세상을 말했다. 랭보는 서양의 상상 미술관에서 수확한 다음, 유럽의 형태들이 투영된 이미지들을 요약하는 문장학을 썼다.

그의 이미지들은 섬세한 카메오에서, 동양의 보석세공에서, 중세의 그로테스크 무늬에서, 플랑드르식 양탄자에서, 모던한 괴물에서, 브뤼헐의 여인숙에서, 음산한 초원에서, 인상파 연못에서, 상징주의 꿈에서, 지하감옥에서 끌어와 모든 걸 세기말 시궁창에 뒤섞는다.

우리는 랭보의 노래들에서 와토의 유쾌함을, 터너의 하늘을, 모로의 기묘함을, 고야의 상처를, 오토 딕스의 유령들을, 플랑드르파의 축제를, 밀레이의 연못을, 쿠르베의 음문을, 쿠빈의 공포를 알아본다. 아르튀르가 이 화가들에 대해 아무것도 알지 못하고, 이 화가들이 태어나지조차 않았어도!

팔레트 없는 화가 랭보가 만국박람회에서 빅뱅을 일으킨다. 그는 융 정신분석가들이 말하듯 "이마고"[40] 떼를, 집단 무의식의 천장에 새겨진, 심적 이미지와 이상적인 표상들, 원초적인 직관들로 구성된 갤러리를 만들어낸다. **이마고**, 이것은 변태 피조물들의 최종 형태에 곤충학자들이 붙인 이름이기도 하다. 나비는 애벌

---

40 이미지를 뜻하는 라틴어로, '주관적 느낌이 가미된 시각적 표상'을 가리키며, 또한 곤충의 성충成蟲을 의미하기도 한다.

레의 이마고이고, 결말이다. 땅속에서 오랫동안 성숙한 유충은 보석이 된다. 랭보의 이미지들은 유럽의 영혼 속에 잠들었다가 열일곱 살 음유시인의 입술에서 형체를 갖추고 표현되면서 폭발한 것처럼 보인다!《지옥에서 보낸 한 철》에서 그는 "짐승들의 지복—모호한 상태의 천진함을 나타내는 애벌레, 순결의 수면을 나타내는 두더쥐"를 부러워한다."

아르튀르 그 자신이 고백한다. 자신의 시에는, 제시된 메시지도 기의와 기표 같은 낡은 것들도, 그밖에 어리석은 자들이 찾는 또 다른 방울도 없이, 오직 환각과 눈의 감전 말고는 달리 찾을 것이 아무것도 없을지 모른다고 고백한다.

"나는 몽환의 대가다"라고 그는 〈지옥의 밤〉에 쓴다. 그리고 조금 더 뒤에 가서 "나는 단순한 환각에 길들었다"고 말한다. 그래도 만약 해설자들이 알라딘의 램프를 분해해서 그 메커니즘을 탐구한다거나 별로 재주를 부리는 곡예사를 그들의 정신분석용 침상에 눕히길 바란다면, 적어도 그것으로 그들의 업무는 진척될 것이다.

대단한 인사들이 랭보를 청진하고 그의 비밀을 해독하는 동안 우리는 경이로운 게임을 하자. 아르튀르가 남긴 두 권의 시집 페이지에 손가락을 대고 이미지들을 붙들어보자. 방 천장에서는 영사기가 돌아간다. 그러면 닥치는 대로 몇몇 말을 붙들고, 매번 원형原型들이 솟아나기를 기다리는 것이다! 이 실행은 쉽다. 랭보의 말이 부싯돌이기 때문이다. 그 말들이 서로 부딪치면 불꽃이 튄다. 한 가지 모델이 나타난다. 가라, 이미지들이여!

나는 무엇을 마셨나? 다정한 개암나무 숲에

둘러싸인 히스 들판에 무릎 꿇고

포근한 초록빛 오후 안개 속에서.

〈착란 II〉, 《지옥에서 보낸 한 철》

나는 눈을 감고, 난장판이 일기 전이라 아직 타격을 입지 않은 라파엘 이전의 기사를 본다.

한낮 바다에서 멱감기를 기다리며

그들의 기운이 평온해지도록.

<착란 II>, 《지옥에서 보낸 한 철》

나는 대리석 같은 태양 아래 우뚝 선 강철 스파르타 인들을 본다.

찾아라, 푸른 빛 위로 솜털들의

은빛 떨리는 무성한 풀밭,

진액 틈에서 익어가는

불의 알이 가득한 꽃받침들을!

<꽃에 대해 사람들이 시인에게 하는 말>, 1871

나는 **플라워 파워**[41]로 가는 길에 대마초를 피우는 케루악의 친구들을 본다.

아! 어린 시절, 풀잎, 비, 자갈 위의 호수, **종탑이 열두 번 칠 때의 달빛**….

<지옥의 밤>, 《지옥에서 보낸 한 철》

---

41 Flower Power, 사랑과 평화, 반전을 부르짖던 1960~70년대의 청년 문화를 말한다.

나는 볼 통통한 황금기의 영원을 헛되이 믿는 르누 아르의 통통한 아이들을 본다.

마늘 향 품은 희고 분홍빛 도는 햄에

뒤처진 햇살이 노릇노릇 구운 거품으로

내 커다란 맥주잔을 가득 채웠고.

〈초록 선술집에서, 저녁 다섯 시〉

나는 암내와 밀맥주 냄새가 뒤섞인 가운데 자유의 딸, 쾌활함이 감도는 독일 여인숙들에서 영원히 날아 간 친절을 본다.

이제! 지옥의 세기가 왔다!

전신주들이 장식하리라

불의 노래를 뜯는 리라 같은

그대의 멋진 견갑골을!

〈꽃에 대해 사람들이 시인에게 하는 말〉

나는 현대성의 전령인 교통혼잡과 우둔한 석탄 속

올리버 트위스트를 본다.

와우! 똥배 없는 유쾌한 춤꾼들! 깡총깡총 뛸 수 있네, 간이무
대가 길기도 해라!
얍! 싸움인지 춤인지 모르게 하라!
성난 베엘제붑은 바이올린을 마구 긁는다!

〈교수형 당한 자들의 무도회〉, 1870

나는 마다가스카르 콜레라 묘지에서 죽은 자들이 먹
는 걸 본다.

마노에 뿌려진 누런 금조각, 에머랄드빛 둥근 지붕을 지탱하
는 마호가니 기둥들, 흰 사틴 꽃다발과 섬세한 루비 막대들이
물장미를 둘러싸고 있다.

〈꽃〉, 《일뤼미나시옹》

나는 마흔 명의 도적 떼 동굴에 누워있는 사르다나
팔 왕을 본다.

진흙 속에 묻혀 살갗은 페스트로 썩어가고, 머리와 겨드랑이에는 구더기가 우글거리고, 심장에도 더 살진 구더기들이 우글거리는 가운데, 나이도 감정도 없는 낯선 이들 사이에 누운 나를 본다….

〈작별〉, 《지옥에서 보낸 한 철》

나는 1914년 순교자 친구들의 터진 눈구멍들을 통해 참호 속에서 말하기를 거부하는 나의 할아버지를 본다.

때때로 나는 기뻐하는 하얀 종족들로 뒤덮인 끝없는 해안들을 하늘에서 본다.

〈작별〉, 《지옥에서 보낸 한 철》

거기, 텅 빈 미술관에 스페인 세기의 위대한 화가의 바로크풍 푸른빛이 펼쳐진다.

산비탈 위 강철과 에메랄드 풀 속에서 천사들이 양모 드레스를 돌린다.

풀밭에서 유두 끝까지 불꽃이 튄다.

〈비의〉,《일뤼미나시옹》

거기, 호르몬 작용으로 동굴 속에서 번민하던, 루르드의 양치기 소녀가 본 성스러운 환시, 즉 그리스도가 있다.

"눈은 듣는다." 폴 클로델이 쓴 이 표현은 투시의 시, 랭보 시의 독서를 묘사한다. 시인의 세상은 존재한다. 랭보가 그걸 보기 때문이다. 눈은 들을 뿐 아니라 스스로 보는 것을 창조한다. 현실은 오래된 비교적秘敎的 직관인 제 표상에서 나온다.

상반된 효과로, 시인이 눈을 감으면 모든 것이 꺼진다. 눈꺼풀은 세상의 공포에 커튼을 치는 구실을 한다. 〈겨울을 꿈꾸며〉의 이 시구가 그 증거다.

그대 눈 감으라,

창 너머로 저녁의 어둠들,

성마른 괴물들, 검은 악마와 검은 늑대 무리가

찌푸리는 것 보지 않도록.

또 어떤 때는 그 반대로, 우리는 이미지들을 솟아나게 하려고 눈을 감는다. "여행할 때 우리는 눈을 감아야 하리라"는 걸 블레즈 상드라르는 알았다(《시베리아 횡단 산문》). 눈꺼풀, 육신의 작은 영사막인 눈꺼풀은 그럴 때 방출되는 내면의 영화를 받는다.

견자와 부랑자

해설가들은 랭보가 받았을 영감의 원천들을 지목했다. 〈취한 배〉에서, 랭보 문장의 고고학자들은 마치 시가 고문서 트렁크라도 되는 듯이, 옛 독서와 무의식적 영향, 집필 순간에 떠올린 무의지적 기억, 차용한 단장들의 집합소라도 되는 듯이 수십 가지 준거들을 구별짓는다.

이 곤충학자들에 따르면 〈취한 배〉는 르콩트 드 릴(〈바가바타〉), 빅토르 위고(《바다의 일꾼들》), 쥘 베른(《해저 2만 리》, 에드거 포(《큰 소용돌이에 휘말리다》), 보들레르(〈놀라운 여행자들〉), 콜리지(〈늙은 선원의 노래〉) 등등이 뒤섞인 메아리가 될 것이다.

독자 랭보가 시인 랭보를 낳았다는 걸 부인할 생각은 없다. 이는 자신들의 독창성을 고수할 생각으로 연구를 회피하는 게으른 자들의 논거다. 예술가는 선배들 없이 있을 수 없다. 어떤 작품도 유산 없이 단독의 열정에서 나오지 않는다. 쥘 르나르는 자신의《일기》에서 이 생각을 일소해 버린다. "많이 읽을수록 덜 모방하게 된다."

그러나 단두대 아래에 선 셰니에[42]나 자기 자신의 문턱에 선 랭보가 내면에 '무언가'를, 차용한 총합, 영향력들의 작용, 참고자료들 더미보다 더 위에 자리한 '무언가'를 감추고 있었으리라고 생각하지 않기란 어렵다.

랭보는 "자신의 내면에서 올라오는 그 무엇"을 자유롭게 내버려둠으로써 제 천재성을 **골로 연결시키지 않**을 것이다―럭비에서 트라이를 골로 **연결시킨다**고 말할 때처럼. 그러니 그는 거기서 어떤 작품도 끌어내지 않을 것이다. 그의 즉각적인 성공에 유용한 메시지도, 그가 사는 시대가 받아들일 만한 자료체도 산출하지 않을 것이다. 그는 역사 속에 들어서느니 차라리 지리 속으로 달아나는 편을 택했다. 그는 예술가의 좌대가 되려고 하지 않았다. 그는 자신을 우뚝 세우려 하지

---

42 André Chénier(1762~1794), 프랑스의 시인으로 혁명정부의 공포정치를 신랄하게 비판했다가 32세에 처형당했다.

않았다. 그가 저주받은 시인이라는 지위를 얻은 건 어쩔 수 없는 정당방위였다(사실 그는 자기방어를 전혀 하지 않았다). 그는 지나는 길에 마주친, 베를렌을 에워싼 동료들―예술가와 문인들―의 마음에 들려고 결코 애쓰지 않았다.

그는 태도가 불손했다. 베를렌의 부인을 겁에 질리게 하고, 그녀의 남편을 빼앗아 가정을 파괴한다. 부인에게는 엉덩이를 돌리고, 남편에게는 엉덩이를 내민다. 동성애 추문이 도시를 발칵 뒤집는다. 천재 청년은 자신을 재위주는 동료들의 집에서 제멋대로 행동한다. 1897년에 르펠르티에는 그가 "신경증과 히스테리 환자"였다고 말했다. 그는 훔치고, 침 뱉고, 욕설을 내뱉고, 시인 방빌이 내준 침대에서 옷을 다 입은 채 잔다. 요컨대, 그는 언어를 재발명할 각오로 숱한 추문을 일으키고 다닌다. 쥐티스트들의 어느 저녁 모임에서는 도를 넘는다. 1872년 3월 2일, 그는 시인 카르자를 모욕하고, 면도날로 위협한다. 같은 해 7월에는 베를렌과 함께 미국의 떠돌이 일꾼처럼 불결하고, 술에 절고, 악취 풍기며, 얼빠진 모습으로 이 역 저 역으로 쏘다닌다.

그들은 베를렌의 말처럼 "현기증 나도록 여행"한다. 그러다 아라스 역에서 경찰에 체포된다. 랭보가 저지르지도 않은 범죄들을 저질렀다고 떠들어댔기 때문이다 (이미 샤를빌에서도 그는 친구들 앞에서 떠돌이 개들을 고문했다고 지어내곤 했다.)

요컨대, 검은 태양이 그를 망가뜨리려고 작동한다. 그리스도가 자신에게 채찍질하는 걸 보는 셈이랄까? 랭보는 자기 자신에게 침 뱉는 천재다. 그는 자신의 예술로 장사하지 않았고, 자신의 머릿속 진흙탕을 황금으로 바꾸려고 자기 재능의 빛을 이끌지도 않았다. 파괴주의는 언제나 연금술을 이긴다. 그런데 삶을 헤치고 살려면 자기 자신으로 무엇을 할 건지 아는 게 중요하다.

랭보의 자기파괴와 대척점에서 빅토르 위고는 소재를 승화한다. 꽃처럼 만개한 턱수염을 단 이 시인은 모든 것에 재능을 타고났다. 그는 대상 하나하나에 자신의 힘을 내준다. 똑같은 힘으로 문어를, 황제를, 쐐기풀을, 진보를, 아이들을, 그리스도를, 거미를 노래한다. 그는 모루[43]와 마주친다. 신에 관한 시에서. 젊은 여공

도 만난다. 불평등에 관한 연설에서. 아네모네 한 송이
도 꺾는다. 사랑의 노래에서. 모든 건 성가시고, 육신은
멋지다! 어쨌든, 태양이 제가 닿는 모든 것을 비추는
건 태양의 잘못이 아니다. 반대로 랭보는 모든 걸 파괴
하고, 가장 먼저 자기 자신부터 파괴한다. 그는 빛줄기
의 방향을 움직일 줄 모른다. 별은 빛나지 않으면 폭발
한다. 이것이 물리학의 엔트로피 원리다. 펑, 지옥으로!
폴 발레리가 '천재성'의 마부로 삼은 '재능'을 랭보는
갖지 못한다. 《지옥에서 보낸 한 철》 도입부에 어린 **지
옥의 아르튀르**는 고백까지 슬며시 밀어 넣는다.

나는 재앙들을 불러들였고, 그리하여 모래와 피로 숨이 막
혔다.

물론, 이 모든 것은 당신에게 스탈린 평화상이나 시詩
의 노벨상을 안기지 않는다.
견자는 부랑자를 질식시킬 줄 몰랐다.

43 작은 고둥 같은 어패류.

타자의 규율

랭보의 편지는 그의 삶을 핀으로 고정한다. 서신은 시적 모험에 대한 해설이 된다. 몇몇 편지는 선언문 같다. 랭보는 편지에 자신의 체계들을 개진한다. 젊은 시인에게 수취인은 그리 중요치 않다. 그저 자신의 원칙을 펼칠 상대가 필요하고, 우편물이 그 역할을 한다.

이장바르와 드므니는 자신들이 어린아이의 편지 수취인으로 문학사에 기록될 거라고 상상이나 했을까?

1871년 5월 13일, 랭보는 샤를빌에서 선생 조르주 이장바르에게 편지를 보낸다. 그 편지에서 옛 스승이 교육자 집단을 선택한 걸 비웃는다. 사회와 시詩를 동시에 섬길 수는 없는 법이다. "바른 궤적 속"에 자리 잡으면 "모든 감각[44]의 교란"은 금지된다. 그는 시인에 대

---

[44] 프랑스어 'sens'에는 감각, 의미, 방향의 의미가 모두 담겼다.

한 자신의 정의를 편지 속에 담는다.

> 나는 생각한다, 라고 말하는 건 잘못되었습니다. 사람들이 나
> 를 생각한다, 라고 말해야 하겠지요. 말장난을 용서하세요.
> 나는 타자입니다.

이 표현은 자기 초월과 존재의 신비를 말하는 시편
이 될 것이다. 그것은 시의 하늘에서 터진다. 그것은 철
학의 하늘에서 범람한다.

우리는 누구인가? 내가 '나'라고 말할 때 말하는 건
누구일까? 시인의 입을 통해 표현하는 건 누구인가? 시
인의 내면에 얼마나 많은 목소리가 있을까? 자기 자신
이 된다는 건 무슨 의미일까? 스스로 작가로 여기는 온
갖 장르의 글을 쓰는 모든 문학인이 제기하는 질문은
바로 이것이다. 나는 내가 쓰는 글에 책임이 있는가?

랭보는 자기 이론을 펼치지 않는다. 그는 구렁텅이
들을 폭로하되, 그것들에 불을 비추지는 않는다. 데카
르트식 사유는 2세기 전부터 개인이 조금이라도 생각
이라는 걸 한다면 그 내면에서 자기 자신을 확인한다

고 줄곧 얘기해왔다. 데카르트의 "나는 생각한다. 고로 나는 존재한다"는 자신을 타자로 생각하는 번민에 미리 대비한 것이었다. 그런데 시골의 한 어린 학생이 그 방법론을 전복한다. 그가 이장바르에게 보낸 편지에 이렇게 쓸 때 데카르트식 코기토를 생각한 걸까? "나무가 스스로 바이올린이라고 생각해도 어쩔 수 없고, 전혀 모르는 것에 대해 궤변을 늘어놓는 지각 없는 자들이야 무시해야죠!"

랭보가 수정한 데카르트의 코기토는 이것이다. "나는 생각한다, 고로 궤변을 늘어놓는다!"

"너 자신을 알라"고 권고하며 목숨까지 내놓은 소크라테스라면 뭐라고 했을까? "내가 타자"라면 어떻게 나를 알아보나? 이렇게 말해야 할 것이다. "우리에게 너 자신을 알려달라." "나는 타자다"는 정신분열성 딸꾹질을 닮았다. 우리는 술집에서 흔히들 하는 우스개를 안다. "난 정신분열증 환자가 아니야, 하지만 나는 맞아.

호메로스는 2천5백 년 전에 이 문제를 제기했다.《오디세이》의 첫 시구는 이것이다. "오 뮤즈여, 천 가지 술책이 난무하는 인간의 이야기를 우리에게 들려주오.

성스러운 도시 트로이를 파괴하고 아주 오랫동안 바다를 떠돈 인간의 이야기를." 호메로스는 자신이 뮤즈의 소리 대변인이기에 자신이 타자인지에 대해서는 신경쓰지 않는다. 눈먼 시인은 통신기이고 메시지들을 전달할 것이다.

다른 추측도 있다. 시인이 다중 존재이리라는 것. 많은 인격이 그의 내면에서 조화롭게 반짝이리라는 것이다. "나는 전설적인 오페라가 되었다", 라고 아르튀르는 〈말의 연금술〉에 쓴다.

또 다른 가설도 있다. 시인이 연거푸 변신한다는 것. 차례차례, 나날이, 그는 옛날 장터의 변신광대처럼 다른 얼굴을 취하고 이 사람이 되었다가 다른 사람이 된다. "내겐 여러 다른 삶이 보였다", 라고 랭보는 《지옥에서 보낸 한 철》에 쓴다.

그의 생각이 틀리지 않았다. 그는 방랑하는 어린 학생이, 스스로 저주한 시인이, 뒤뜰의 연인이, 열대지방 여행자가, 작업감독이, 무기 판매상이, 지도제작 탐험가가, 아르덴 지방의 돌풍 같은 아들이, 마르세유의 병든 오빠가 된다. 그는 옛 피부의 누더기가 새 피부에 들러붙기 전에 탈피를 끝낸다! 그렇게 천 가지 삶이 이어진다. 그는 그 삶들을 살아보기도 전에 그것들이 그에게 닥치리라는 걸 알았다.

《일뤼미나시옹》의 한 시(〈어린 시절〉)에서 그는 내면의 배船 목록을 훑어본다.

나는 테라스에서 기도하는 성자다—평화로운 짐승들이 팔레스타인 바다까지 가서 풀을 뜯듯이.

나는 칙칙한 안락의자에 앉은 학자다. 나뭇가지와 비가 서재 유리창을 두드린다.

나는 난쟁이 숲을 가로지르는 대로의 보행자다. 수문의 요란한 소리가 내 발소리를 뒤덮는다. 나는 석양의 우수 어린 황금빛 빨래를 오래도록 바라본다.

나는 먼바다로 떠난 방파제에 버려진 아이가 되리라. 이마가 하늘에 닿는 오솔길을 따라가는 어린 종복이 기꺼이 되리라.

잭 런던은 《별 방랑자》에서 죄수의 꿈을 통한 탈출을 상상했다. 남자는 잠들었고, 겉모습을·나라를·운명을 바꾸었다. 그러나 주인공의 변신은 꿈일 뿐이었으니 도주의 열쇠는 몽상이라는 단순한 열쇠였다. 반면에 랭보는 자신의 변신들을 몸으로 경험한다. 랭보는 깬 채 꿈꾸고 실제로 변신한다.

"나는 타자다"는 그리스 신들만큼이나 오래된 범용한 유혹일 뿐이라고 반박할 수도 있을 것이다. 올림포스산의 신들은 변신에 몰두했다. 랭보의 지령을 평범한 삶의 영역으로 옮겨보자. 인간은 가장假裝하는 걸 좋아한다. 그는 자신이 타자라고 믿고 싶어 한다. 이것이 랭보식 표현의 평범한 해석이다. 아이는 인디언 놀이를 하고, 어른은 스스로 중요한 사람이라 믿고 싶어 한다. 어떤 이들은 유니폼을 입고, 또 어떤 이들은 훈장을 달고, 남편은 연인 놀이를 하고, 교수는 아이처럼 굴고, 현자는 취하면 고약해지고, 부르주아는 불량하게 굴고, 개자식은 무릎을 꿇는다. 지킬 박사는 하이드 씨다. 바로 이것이 산문, 일화, 실존의 차원으로 경험되는 "나는 타자다" 놀이다. 오래된 돌림노래다.

그러나 돈벌이가 우선인 시대에 "나는 타자다"는 정치 프로그램이 되기도 했다! 21세기에 이 표현은 슬로건을 닮았다. 현대는 거기서 영적 정의를 찾아낸다.

랭보와 함께하는 여름

"타자가 되라! 당신이 원하는 사람이 되라"고 새 풍습은 외친다. 현대세계의 머리 둘 달린 독수리는(머리 하나는 기술용, 다른 하나는 상업용) 소비자를 거듭 세뇌한다. "계보에서 빠져나오세요, 지리적 결정주의에서 탈출하세요. 당신의 생물학적 운명에서 벗어나세요. 당신의 조상, 학교, 법에 끌려다니지 마세요. 스스로 자신을 창조하세요. 성을·나라를·문화를 바꾸고, 당신이 원하는 곳에서 원하는 대로 사세요!" 요컨대, 새로운 시대는 제 자식들에게 잠재성의 난장판 속에서 연달아 이어지는 유동적이며, 불안정하고, 전격적인 삶을 살라고 명령한다. 달아나세요, 있는 모습 그대로 오세요, 당신이 원하는 사람이 되세요. 바로 지금이 변할 때이니까요. '제자리에 머물지 말라'가 새로운 돌림노래가 되었다. 어떤 장소에도, 어떤 관례에도 머물지 말라. **나는 타자가 되어야 한다**, 어디에서도 어디에서나, 가능성의 영역에서 거닐며. 특히, 유행의 방식을 반복한다. 물려받은 자리를 고수하지 말자.

고전 시대의 대업은 자기 자신을 알고, 제 경계를 짓고, 자제하고, 초심으로 돌아가고, 우리가 받은 것을 전하고, 이 프로그램을 절대 바꾸지 말아야 한다는 명령 안에 있었다. 요컨대 어제 세상의 인간은 말했다. "나는 과거의 나이고, 내 자식들은 과거의 나처럼 될 것이다." 나는 보존될 것이다, 라고 랭보를 알지 못했던 네덜란드의 왕들은 말했다.

그런데, 1871년 5월의 이 편지에서 랭보는 늙은 법률을 반박한다. "나는 타자다"는 그에게 지옥의 계절을 열어준다. 더 나중에, 그는 자신의 출발 명제로 돌아온다. 그가 막다른 길을 겪고 나서 종종 그러듯이. 아르튀르의 궤적은 자주 뉘우침으로 끝난다.

아프리카에서 그의 휴식 욕구, 가족 곁으로 돌아가려는 포부는 그가 품었던 철저한 회절 계획과 모순된다. 이제는 '나'가 '타자'가 되는 게 문제가 아니다. 이 땅에서 자기 자리를 찾는 게 문제다. 결국 누이동생의 품에 안겨 죽기 위해. 아르튀르는 자기 내면에 여럿이 있을 때 함께 미치리라고 짐작했다.

"나는 타자다"라고 쓰고 일 년 후, 그는 이렇게 쓴다.

천 가지 의문이

가지를 쳐서

끝내 얻는 건

취기와 광기뿐.

그렇다. "나는 타자다"는 위험한 놀이다.

분열된 존재에게는 언제나 자신의 일부가 나머지의

파멸을 바란다!

배경의 지옥

랭보는 1873년 봄과 여름 사이에 《지옥에서 보낸 한 철》에 불을 당긴다. 그렇게 프랑스 시를 파괴하려는 계획을 시작한다. 파괴하고 재창조하려는 것이다. 실험실은 아르덴 지방, 로슈 농가, 미친 아이의 요람, 어머니의 집에 있었다. 그때 그는 영국에서 막 돌아온 참이었다. 7월에 다시 여행이 시작된다. 그는 브뤼셀로 가서 베를렌을 다시 만난다. 사랑은 격투 스포츠다. 서로 사랑하는 두 사람이 서로를 괴롭히는 건 흔한 방정식이다. 베를렌은 랭보에게 총을 쏜다. 빵! 은 신의 이름이자 총소리다. 랭보는 베를렌이 쏜 총에 손목을 다친다. 그리고 7월 말에 로슈의 작업실로 돌아온다. 시집은 벨기에의 인쇄업자가 10월에 출판한다. 랭보는 시집 몇 부를 가지러 브뤼셀로 간다. 그가 자기 작품이 인쇄된 증거를 손에 쥐어본 건 그때가 유일하다. 겨우 열 부정도였다. 그는 독자를 거의 갖지 못한다. 통계는 바보 짓거리다. '좋아요'의 숫자와 작품의 가치를 비례관계로 믿는 사람이 정말 있을까? 니체는《선과 악을 넘어서》를 몇 부나 손에 넣었을까? 랭보보다 많지 않다.

베를렌은 랭보의《지옥에서 보낸 한 철》을 "경이로운 심리적 자서전"으로 묘사한다. 열아홉 살에 계산해 본, 천 년보다 무겁고 길고 짙은 삶에 대한 결산이다.

랭보는 전투에 나선다. 그는 홀로, 종탑과 종탑을 세심하게 이은 밧줄 위에서 춤을 춘다―다시 말해 자신과 싸운다. 링 위에서 두 개의 힘이 맞선다. 어둠과 희망이다. 달리 말하자면 허무주의와 빛, 악마와 자비다.

《지옥에서 보낸 한 철》은 이렇게 시작된다.

어느 날 저녁, 나는 아름다움을 내 무릎에 앉혔다. 그런데 그것이 씁쓸해 보였다. 그래서 욕설을 뱉었다.

그리고《지옥에서 보낸 한 철》은 이렇게 끝난다.

그건 다 지나갔다. 오늘 나는 아름다움을 반길 줄 안다.

힘겹게 얻은 승리다.

　모든 계절은 단명하고, 그것이 제 본질이다. 한 계절이 지워지면, 다른 계절이 온다. 모든 것은 지나간다. 헤라클레이토스의 진리. 절도 있는 지리학의 마법이다. 겨울은 봄 안에 다시 태어나고, 삶은 질서와 함께 돌아온다. "그대가 여전히 애도하고 있는 그 신들은 돌아올 것이다", 라고 네르발은 〈델피카〉에서 말한다. "시간은 옛날의 질서를 다시 데려올 것이다." 지옥이 한 계절만 지속된다면, 그건 영벌이 아니다.

　어제 또 나는 한숨을 쉬었다. "하늘이여! 여기 속세에 영벌 받은 우리로 충분하지 않습니까?"

　중요한 말은 "어제 또"이다. 아르튀르는 그 궁지에서 벗어날 것이다.

　《지옥에서 보낸 한 철》은 섬세하고 전위적이며 난해한 헛소리가 아니다. 오히려 면죄의 노래다. 그는 지옥에 대한 해독제를 밝힌다. 그건 바로 떠나는 것, 먼 동양으로 떠나는 여행이다. 현실을 붙잡고 살아가는 것이 시급한 일이다(제 분신 없이). 그러기 위해 모험이 있다. 랭보에게 모험은 아프리카라고 불릴 것이다. 니체와 동일한 직관이다. 삶을, 태양을 긍정하고, 모든 것을 누리고, 외줄 위에 오르고, 자라투스트라가 되는 것이다. "노예들이여, 삶을 저주하지 말자." 이 계획은 하라르의 세월을 예시한다.

우리는 언제 모래밭과 산을 넘어 새로운 일의 탄생, 새로운 지혜를, 폭군들과 악마들의 도주를, 미신의 종말을, 이 땅의 크리스마스를 맞이하러 갈까!

새 미사가 말해졌다. 그 강론은 세상에 가담해야 한다는 것!
유기적 삶의 학교가 그를 다시 태어나게 할 것이다. 소박한 유랑, 길의 시련, 움직임, 이 상태들은 당신을 연마하고, 균형 잡아 안장에 다시 앉힌다. 길은 존재를 갈고 닦는 사포다. 이제 랭보는 덧없는 세상에서 살길 바란다. 가장 아름다운 시의 조국에서.

나는 땅으로 돌려 보내졌다. 찾아야 할 의무와 끌어안아야 할 거친 현실과 함께.

우리가 세상을 숭배할 수 없을 때 말하듯이, 세상을 바꾸길 바란다는 건 상당한 몽상과 착각, 오류와 압생트 술, 거짓 발명과 기괴한 야심이 필요한 일이다. 새로운 랭보는 지옥에서 빠져나오고, 위선에서 치유된 모습이다.

나는 악마에게 보냈다. 순교자들의 영광, 예술의 빛, 발명가들의 오만, 약탈자들의 열정을. 그리고 동양으로, 원초적이자 영원한 지혜로 돌아갔다.

《지옥에서 보낸 한 철》은 스테인드글라스다. 시, 몽상적이거나 묘사적인 일련의 단상들. 단축과 충돌. 이따금 노리쇠 당기는 소리, 이따금 크리스털 깨지는 소리, 갑자기, 음유시인의 달콤한 소리. 랭보는 절대적으로 현대적이었다. 절대적으로 고전적이었기 때문이다. 언어를 공격하고 싶다면 먼저 언어를 완벽하게 섬겨야 한다. 진짜 혁명가는 자신의 고전인문학부터 점검했다. 봉건적 진보주의자였던 아라공은 〈브로셀리앙드 Brocéliande〉에서 이렇게 말했다.

그러나 옛날에 멋졌던 남자는 현재를 살고
인동덩굴은 묘지 한가운데에서 돋아난다.

랭보는 〈말의 연금술〉에서 언어를 학대해왔노라 고백한다. 그는 자신의 범죄들을 돌아본다. 그는 길을 잃었다. 재발명하는 일과 파괴하는 일을 혼동했던 걸까? "나는 결국 내 정신의 무질서를 성스럽게 여기게 되었다." 지옥의 계절이 끝나고, 지옥은 물러난다. "모든 추잡한 기억들은 지워진다." 그는 부두교 의식을 치를 때처럼 통과의례를 경험했다. 피를 흘렸고, 불을 보았고, 정액을 마셨고, 말들을 짓밟았고, 육신을 맛보았다. 이제 다른 계절이 왔다! 사원은 다시 세워졌다. **하나의 영혼과 하나의 육신 속에 진리를 소유하는 것이 내게 허용되리라.** 휴우!

발행된 시집들은 1900년까지 인쇄소에서 잠잔다. 그

리고 14년 후, 유럽인들은 죽음의 춤을 추기 시작한다.

지옥은 바로 20세기, 진보의 계절이다.

일뤼미나시옹

《일뤼미나시옹》만큼 어두운 것이 없다. 랭보는 이 글들을 언제 썼을까? 누가 그 텍스트들을 끌어모았을까? 수정을 거쳤을까? 수술 사진들과 환각이 뒤섞인 듯한 이 텍스트들은 어떤 의미를 담고 있을까?

네르발이라면 "검은 태양"이라고 말했을 것이다. 코르네유라면 "어두운 빛"이라고 말했을 것이다. 노르망디 출신자라면 "신비와 비계덩어리"라고 말했을 것이다.

랭보는 이 텍스트를 1874년(열아홉 살)에 펠릭스 페네옹의 말에 따르면 여인숙 탁자나 뱃전에서 썼다고 한다(이상적인 작업용 책상에 대한 정의!). 원고 한 뭉치가 1875년 베를렌의 (더러운) 손으로 건너갔다가, 사라졌고, 1878년에 다시 나타나, 1886년 상징주의 잡지인 〈라 보그〉에 발표되었고, 베를렌이 서문을 쓴 시집에 실렸다. 찢긴 밤들을 함께 보낸 옛 동료의 말에 따르면, 이 시들은 "1873년에서 1875년 사이에" 벨기에와 영국, 그리고 독일 여행 동안에 쓰였을 것이다. 그러니 《일뤼미나시옹》은 도주 동안 수집한 목격담들일 것이다. 시적인 지진 관측. 자성磁性 띤 울림을 주는 이미지들의 투사. 즉각적인 삶에 대한 스트로보스코프stroboscope[45] 관찰. 채색된 삽화 또는 천재의 MRI라 해야 할 것이다.

우리는 앨범 사진들을 훑어보듯이 그 텍스트들을 읽을 수 있다. 베를렌은 1878년 친구 시브리에게 보낸 편지에서 이 텍스트를 "채색 접시"라고 형용했다. 《일뤼미나시옹》은 무질서 가운데 하나하나씩 보면 20세기 초에 기술이 자리 잡힌 채색 유리판, 오토크롬Autochrome[46]의 색조를 띤다. 장르들의 행렬이다. 텍스트들은 응축되고, 난폭하고, 반짝이고, 건조하고, 순수하고, 황금 껍질이 벗겨진 것이다. 위스망스[47]의 불쾌한 꿈 같다. 크리스털 종 아래 붙들린, 루비 박힌 곤충들처럼.

---

45 주기적으로 깜박이는 빛을 쬠으로써 급속히 회전하는 물체를 정지했을 때와 같은 상태로 관측하는 장치.

46 초기 컬러사진 기술.

47 Joris−Karl Huysmans(1848~1907), 19세기 프랑스의 소설가. 데카당스 문학을 대표하는 문제작 《거꾸로》가 대표작품이다.

어린 시절의 기억들, 왕자와 정원이 등장하는 중세 동화들, 영어투성이인 모던 스윙, 이교도-디오니소스식 박자, 찬란한 딸꾹질, 부도덕한 촌극, 사회적 사진들(졸라와 미르보 사이), 환각적인 심상들(에드거 포조차 감히 시도하지 못했을), 도리아식 사원의 서정적인 박공, 종말론적 욕설, 세 줄짜리 우화들, 간헐온천 같은 문장들, 신탁 같은 그림들, 내일의 도시들에 대한 편애, 바로크풍 양탄자, 중세 신비들, 항해 소나타, 터키-바그너풍 악대, 자기 성찰, 모두를 향한 모욕.

강한 사람들은 말할 것이다. 웬 잡동사니람! 예민한 사람들은 말할 것이다. 무서워! 주의 깊은 독자들은 말할 것이다. 스무 편의 시로 쓰인 온 세상이야!

이론도 없고, 예증도 없고, 어떤 의미도 없다. 이것은 삶의 모든 장면이 생각을 보여주는 빅토르 위고의 영역이 아니다. 《일뤼미나시옹》에는 이해할 게 아무것도 없다. 랭보는 건설하는 게 아니라 분출한다. 물론 우리는 과학 경찰 놀이를 하며, 각 단어에서 겪은 경험에 대한 준거를 찾으며 재미있어할 수도 있다. 하지만 다른 차원의 독서가, 탐정일지와 다른 접근 방법이 있다.

우리가 직선으로 나아가 시 속에 빠져든다면 하나의 전반적 방향이 드러난다—아니면 적어도 엄밀하게 추진된 하나의 계획이.

랭보는 두 가지 목표를 좇는다. 언어를 바꾸는 것, 세상을 다시 말하는 것. 단순하지 않은가?

그러나 너는 이 일을 시작할 것이다. 그러면 조화롭고 건축적인 모든 가능성이 네 자리를 둘러싸고 동요할 것이다. 뜻밖의 완벽한 존재들이 네 경험에 제공될 것이다. 옛 군중과 한가로운 사치에 대한 호기심이 꿈꾸듯 네 주변으로 모여들 것이다. 너의 기억과 감각은 네 창조적 충동의 자양분일 뿐이다. 세상에 대해 말하자면, 네가 떠나면 세상은 어떻게 될까? 어쨌든 지금의 모습은 아무것도 남지 않을 것이다.

랭보는 말에 불을 붙이고, 시선이 마주치는 모든 것에 불을 놓는다. 그러곤 사라진다! 마법 같다. 모자에서 토끼가 나와 그를 잡아먹는다. **일뤼미나시옹**! 그러곤 **암전**!

다른 목표에 따라 다른 언어로 다른 창조를 제시하

려는 시도는 위험한 것으로 드러난다. 그 시도의 대가는 저자의 목숨이 될 것이다. 모든 파우스트 박사는 위태롭게 산다.

랭보는 연금술 실험실에서 작업한다. 20세기는 물질을 재조직하고, 유전자를 변형하고, 원자를 분열시키고, 세포를 복제하고, 분자를 증식하고, DNA를 암거래함으로써 랭보의 변신 실험을 훨씬 난폭하게 실행할 것이다.

랭보는 언어의 재발명을 통해 개조 시도를 시작한다. 에밀 베르하렌 역시, 혐오스러운 시에서, 세상의 형태를 완전히 다시 쓸 것을 촉구한다. 현대인들에게 이것은 하나의 강박증이다!

길들어진 세계에 그래도
인간적 포용과 힘의 흔적을 새기고
다른 의지에 따라
산과 바다와 들판을 다시 창조하기 위해.

이 벨기에 시인에게 그것은 인간의 개선 가능성(짓궂

은 농담!)을 믿고, 그 믿음의 결과로 세상을 개선하리라고(악몽!) 생각하는 투사의 프로그램이다. 랭보는 세상을 다시 만들려는 것이 아니라 무엇보다 세상을 다르게 말하고 싶어 한다.

그는 자유로운 시를 짓지 않는다. 보들레르는 1869년에 '소소한 산문시'라는 부제를 단 《파리의 우울》을 출간했다. 중세 원천으로 거슬러 올라가면, 말을 타고 떠나는 12세기 모험의 기쁨을 노래한 아키텐 지방의 음유시인들도 19세기의 절망한 이들보다 덜 자유롭지 않았다. 그러나 아르튀르는 작열하는 말과 자유로운 리듬, 이미지 연상을 융점으로 몰아부친다.

그는 언어를 사랑하기에 학대한다.

어린 시절, 어떤 하늘은 나의 시각을 다듬어주었다. 모든 특징이 나의 외모에 미묘한 변화를 주었다. 현상들은 일어난다.─이제 순간의 영원한 굴절과 수학의 무한성이 나를 이 세상에서 내쫓는다. 내가 기이한 유년기와 엄청난 애정을 겪고, 온갖 세속적 성공을 견디고 있는 이 세상에서. 나는 전쟁을 생각한다. 합법적으로 또는 어쩔 수 없이, 아주 뜻밖의 논리로.

> 그것은 하나의 악절만큼이나 단순하다.

하나의 악절만큼 단순하다! 꼭 술꾼이 경찰관에게 하는 말 같다. "제가 모든 걸 설명해드리겠습니다!"

《일뤼미나시옹》은 계시의 이름이다. 세상은 다른 언어를 입는다. 그 언어는 시대에 뒤지는 일이 없을 것이다. 아르튀르는 언어를 산산조각냈다. 프루스트는 병든 가련한 언어를 다정하게 보살필 것이다. 브르통은 그 잔해로 재미난 콜라주를 만들 것이고, 셀린은 그 위에 오줌을 갈길 것이다.

《일뤼미나시옹》이 말에 미친 효과는 상대성 이론이 물질에 미친 효과와 맞먹는다. 전복, 재표명, 재구현. 다른 계획, 다른 관점, 다른 법규.

이런 분석이 과장처럼 보일 수도 있다. 그건 우리가 21세기를 살고 있기 때문이다! 랭보 이후로, 베르하렌의 계획은 승리를 거두었다. 기계들이 지배하고, 이미지가 말을 이겼다. 숫자가 문자보다 훨씬 중요해졌다. 언어는 사이버-글로벌-얼치기-시장주의라는 새로운 질서에 순교당했다. 말은 이제 현실의 필경사가 못 된다. 그러나 아르튀르는 2020년의 밀레니엄베이비가 아니다. 그는 존재하는 그 무엇도 사전에 명명되지 않았다는 걸 잊지 않았다.

태초에 로고스가 카오스를 이겼다는 것이 고대 그리스인들의 생각이다. 뮈세는 "신은 말하고, 우리는 그에 대답해야 한다", 라는 말로 언어를 규정했다.

만약 만물이 단지 명명되었기에 존재하는 거라면? 말은 세상을 지목하는 데 그치지 않는다. 말은 세상의 창조주다. 니체가《일뤼미나시옹》을 읽지는 않았지만, 그의 즐거운 지식은 랭보의《일뤼미나시옹》을 확인해준다. "그러나 이것 또한 잊지 말자. 이름들을, 가치들을, 새로운 개연성들을 창조하기만 하면 결국엔 새로운 '사물들'을 창조하게 될 것이다."

《일뤼미나시옹》? 그것은 진짜 빅뱅이다.

랭보는 사라졌지만, 쇼는 계속되어야 한다.

랭보와 함께하는 여름

아에이오우, 아야!

랭보는 1871년 열일곱 살에 〈모음들〉을 쓴다. 12음절 시구가 해체되기 시작된다. 이미 그 시구들에는 소리가, 색채가, 꽃이, 지의류가, 부패가 얼룩져 있다. 예쁜 피부병이다. 시 속에서 우리는 하나의 문자를 꺼내고, 하나의 세상을 얻는다. 모음마다 하나의 자극을 품고 있다. 시는 몽상 상자이고, 알라딘의 램프이며,《거꾸로》[48]의 주인공 데 제생트의 향기 오르간이다.

검은 A, 하얀 E, 빨간 I, 초록 U, 파란 O, 모음들이여,
언젠가는 너희의 보이지 않는 탄생을 말하리라.
독한 악취 주위에서 윙윙대는
번쩍이는 파리들의 털투성이 코르셋처럼 검은 A.

---

48 조리스−카를 위스망스의 소설.

환등기가 돌아간다. 영상들이 뒤섞인다. 환각들이 지나간다. 랭보는 문자들에 생명을 부여하고 서커스 공연무대 위에서 그의 골렘들을 지휘한다. 이 소네트에는 창조를 닮으려는 시도가 있다. 다섯 개의 모음, 그리고 모든 것이 깨어난다. 빙하의 순수함, 파리의 부패, 평화와 나팔, 피와 바다, 동물과 천사. 온 세상이 축소된다. 육신은 다시 말이 된다.

1873년 10월에 출간된 《지옥에서 보낸 한 철》에서 그는 2년 전에 쓴 자신의 시를 암시한다.

나는 모음의 색을 발명했다!—A는 검정, E는 하양, I는 빨강, O는 파랑, U는 초록. 나는 각 자음의 형태와 움직임을 조정했고, 본능적인 리듬을 따라 수시로 온갖 의미에 다다를 시어를 발명하리라 자부했다. 나는 번역을 유보했다.

다시 말해 그는 암호장치를 발명한다. 그 열쇠는 나중에 갖게 될 것이다.

그는 이미 이 소네트에서 비밀이 나중에 밝혀질 언어를 만들 의향을 예고했다.

언젠가는 너희의 보이지 않는 탄생을 말하리라.

　로고스는 인간의 동맹이다. 몇몇 문자가 모여 단어를 이룬다. 몇몇 단어는 세상을 다시 구성한다. 신은 어쩌면 그곳에 있다. 언어 속에. 또는 모음들이 신의 특파원은 아닐까? 태초에 말씀이 있었다, 라고 성서는 말한다. 〈모음들〉은 탈무드 메시지다. 숫자는 문자 속에 있다. 이 시를 중학생의 장난으로 여겨야 하는 게 아니라면. 농담 장터 축제에서 그대로 가져온 천재적 불꽃놀이로 말이다. 랭보는 예언자일까 아니면 광대일까?

　이 소네트는 폭포수처럼 쏟아지는 분석을 낳았다. 150년 동안 저마다 랭보를 해설하겠다고 나섰다. 랭보의 난해성은 자아도취를 자극한다. 누가 신비를 밝힐까? 그렇지만 베를렌은 이미 경고했다. "이 걸작품의 강렬한 아름다움은 나의 비천한 눈으로 볼 때 그 이론적 설명을 면제해준다. 나는 대단히 영적인 랭보가 그런 것에 대해서는 아랑곳하지 않았으리라 생각한다." 그러니 송로버섯을 찾는 개가 뒤지는 걸 좀 막아보시라!

　공감각 이론은 흥행에 성공했다. 공감각은 정신적

장애다. 단 하나의 자극이 병존하는 여러 감각을 부추기니 말이다. 사람들이 당신의 팔을 만지면 여러 기억과 전망, 감정이 덮쳐온다. 사람들이 당신을 후려치는데 당신은 즐거워한다. 이 병적 상태—잔인하면서 달콤한—는 감각적 유추의 폭발을 표현한다. 당신이 U를 말하면 아르튀르는 이 꽃다발을 받는다.

U는 순환주기, 청록 바다의 신의 전율,

동물들이 점점이 흩어져 있는 방목장,

연금술이 근면한 이마에 새기는 주름의 평화.

"땅은 오렌지처럼 푸르다." 폴 엘뤼아르의 이 시구는 공감각적이다. 우리 가운데 누가 어떤 풍경 앞에서 소나타를 듣지 않았으며, 꽃향기에서 어떤 얼굴을 알아보지 않았을 것이며, 살갗을 어루만지면서 어떤 색깔을 꿈꾸지 않았을까? 공감각이란 우리가 지각하는 것을 분리하지 않는 것이다. "나는 모든 걸 선택한다"라고 테레즈 드 리지외는 말했다. 그녀는 신에 대해 말한 것이다. 공감각은 모든 걸 수확한다. 색채, 소리, 이미지, 냄새까지. 그것은 라타투이[49]다.

　가장 미미한 감각적 진동을 축적된 모든 기억과 뒤섞는 프루스트는 공감각의 대사제다. 그에게 아스파라거스 한 뿌리를 주면 그는 우주 속에 뛰어든다.

　공감각보다 고통스러운 또 다른 정신적 병리현상이 있다. 공감각의 불길한 분신으로, 감각 과잉증이다. 그것은 감수성의 북면北面이다. 랭보의 섬광은 고통의 섬광이었을까?

　감각 과잉증은 감수성이 지나쳐서 고통에 가깝다. 아름다움은 충분히 무장하지 못한 심장에는 고통이 된다. 우리가 어떤 신호를 받고서 눈물이 맺히고 기어이 고통이 찾아온다면 우리는 사물의 지각을 견디지 못하는 것이다. 미시마는 《우국憂國》에서 말했다. "그들은 신을 울릴 만큼 아름다웠다." 그리고 페기는 이런 시를 썼다.

　우리는 첫 후회 때부터 알았다

---

49 호박, 토마토, 양파, 가지 등을 섞어서 푹 익힌 프랑스 요리.

은밀한 절망이 감추고 있는 것

진홍색 하늘로 내려온 태양을.

슈베르트의 〈헝가리풍 디베르티스망〉의 알레그레토를 듣고 한 번도 울지 않은 사람은 자수하기를.

아름다움도 너무 많고, 찬란함도 너무 많고, 정보도 너무 많고, 밀도도 너무 많고, 물질도 많고, 모든 것이 뒤섞이면, 그렇게 각 의미는 할당받지 않은 신호를 받는다. 요컨대, 모든 것이 너무 많다!

어떤 음악에 살갗이 곤두선다. 눈은 듣느라 고통스럽다. 코는 색깔 하나를 꼬집는다. 귀는 이미지를 견디지 못한다. 아에이오우. 아야! 감각 과잉증 상태인 랭보는 과열된 변압기다. 그는 파열한다. 팟!

하늘의 불똥은 모음들이다.

장난

랭보를 읽거나 극지의 밤을 여행하거나. 우리는 앞으로 나아가고, 안개의 장막을 뚫고, 빙산들을 발견한다. 그것이 말들이다. 말들은 안개 속을 지난다. 《일뤼미나시옹》은 쥘 베른의 헤첼 판본 《경이의 여행》의 삽화를 그린 베네트의 판화가 주는 효과를 내게 일으킨다. 거기엔 제방들, 성채들, 구렁들이 있다. 안개가 시야를 가린다. 우리는 길을 잃고, 시구는 이해하기 어렵다. 또 다른 무언가가 모든 걸 어둡게 가린다. 난해함이다! 우리는 각자의 랭보를 덮으며 생각한다. "이런, 좀 더 명료한 말라르메 시를 읽는 게 어떨까!"

아르튀르를 비난해야 할까? 그는 예고했다. "이 야생의 퍼레이드를 여는 열쇠는 오직 나만 가졌다." 이 비밀 언어에 암호 연구자들은 열광했다. 일부 학자는 아르덴의 신을 연구하는 데 온 생애를 바쳤다. 또 다른 이들은 내부자의 언어에 반감을 품었다. 몇몇 감수성 예민한 이들은 의미를 섬기지 않는 말을 용서하지 않았고, 17세기와 18세기 모럴리스트[50]들의 글을 펼치는 걸 선호했다. 그들의 언어는 생각의 윤곽과 완벽하게 들어맞았다. 라로슈푸코, 샹포르, 리바롤의 모든 말은 생각을 섬긴다.

랭보는 자취를 흐린다. 심지어 그가 걷지 않은 자취까지도.

아폴론의 관점으로 보자면 그리스인들은 질서를 섬기지 않고, 자연을 묘사하지 않고, 세상의 이해를 돕지 않는 언어를 부정했을 것이다. 말의 소용돌이는 대리석 같은 설교가 아니라 디오니소스의 원무를 닮았다.

위고를 보라! 언어가 마그마처럼 흐르며 절대 마르지 않고, 항상 투명하고 언제나 의미 풍성하며 더없이 세세한 사실을 가르침으로 바꾸지 않는가.

《관조》를 아무 데나 펼치면 이렇다.

---

50 16세기부터 18세기 초에 걸쳐 현실의 인간 심리나 풍속을 관찰·묘사하고, 한 개체의 인간이 보다 잘 살기 위한 방법을 설파한 프랑스의 사상가들로 몽테뉴, 파스칼, 라 로슈푸코 등이 대표적 인물이다.

대성당들은 아름답고

푸른 하늘 아래 드높다,

그러나 제비집이야말로

신이 세우신 건축물.

네 개의 행, 두 개의 이미지, 하나의 유비, 하나의 비교가 한 가지 교훈, 한 가지 이율배반, 한 가지 대조 효과, 한 가지 비례 역설, 그리고 한 가지 설명에 쓰인다. 자연의 가장 겸허한 건축물이 인간의 도전과 어깨를 나란히 하고, 신의 영광을 말해준다는 것.

관찰, 건축, 예시, 명료성, 효율성을 보여주는 위고의 글은 결과의 채무를 진 글이다. 그는 경험한 모든 것에서 한 가지 화제를, 모든 화제에서 한 가지 교훈을 끌어낸다. 그에겐 번역자가 필요 없다. 반면에 랭보는 해설자가 없을 수 없다. 《일뤼미나시옹》은 세상을 흐린다. 장막을, 폭발을, 꽃다발을, 종양을 제공하되 공통된 하나의 계획을 위한 재료는 내놓지 않는다.

그런데 그 곡예 작업이 속임수는 아닐까?

여러 날과 계절이, 존재들과 나라들이 지나고 한참 뒤,

바다의 비단과 (존재하지 않는) 북극의 꽃 위, 피 철철 흐르는 고기로 지어진 정자.

영웅주의의 오래된 팡파르—여전히 우리의 심장과 머리를 후려치지만—에서 해방되고 옛 살인자들로부터 멀리 떨어진 오! 바다의 비단과 (존재하지 않는) 북극의 꽃 위, 피 철철 흐르는 고기로 지어진 정자.

감미로워라!

　도무지 종잡을 수 없는 이 말은 천재의 것일까 아니면 비웃기 좋아하는 범부의 것일까? 난해함이 우세할 때 기괴함은 어디서 시작될까? 이 지옥의 《일뤼미나시옹》은 당나귀[51] 축제, 정신의 깽판 가장행렬이 아닐까? 랭보의 동시대인들은 그런 의문을 품었다.

　말은 의미 없이도 있을 수 있으며, 고유의 음악을 생산하는 데 만족할 수 있지 않을까? 한 가지 생각을 진술할 의무를 말에 할당하지 않는 것이 범죄일까? 불협

51　프랑스어로 당나귀는 바보, 멍청이를 뜻하기도 한다.

화음도 하나의 언어일까?

졸라·시인 코페·비평가 르펠르티에처럼, 랭보의 난해한 시가 자신의 천재성을 "불가해한 익살"(페네옹의 표현에 따르면)에 탕진하는 소년의 농담이 아닐까 하고 생각한 이들은 많았다.

랭보의 정기는 대리석 조각상에 대한 독이었다! 그는 늙은 수염들을 벽장에 처박았다. 그의 취한 배는 판에 박힌 입장들을 공격하는 군함이었다. 반격들도 이해된다! 제 깃발을 지키는 것이 삶이니까.

물론, 랭보보다 앞서 말의 연금술사들이 이미 헤르메스주의에 펜을 담그고 모험한 바 있다. 말라르메는 우리를 부질없는 소리만 내는 폐기된 골동품 한가운데로 이끌어 길 잃게 했다. 스페인의 전성기에 십자가의 성 요한은 우리를 그의 "어두운 밤" 속을 헤매게 했다.

랭보보다 한 세기 앞서 노발리스는 말했다. "말하기 위해 말할 것, 이것이 해방의 공식이다." 요컨대, 말과 의미를 더는 연결 짓지 않으려는, 또는 적어도 언어를 해독하지 않으려는 시도는 이미 있었다.

랭보는 그 해체를 더 멀리까지 밀고 갔다. 그러자 이

성주의자들의 비판이 그에게 쏟아졌다. 어쨌든 신이 난 아이가 유리 동물원 속으로 굴러떨어지는 모습을 보는 건 결코 유쾌하지 않다.

베를렌조차 랭보의 《시 전집》의 서문에서 랭보에 대한 감탄을 (아주) 살짝 반음 내린 뉘앙스로 표현했다. "조금 불장난 같지만 디테일이 비상하게 경이로운, 모음 소네트".

1871년 파리 코뮌 이후로 랭보와 베를렌을 감시해오던 파리 시경의 한 경찰관은 사기꾼 아르튀르의 불장난을 심판하는 재판에 최고의 증거물을 제공했다. "그는 누구보다 시의 역학을 잘 알고 있습니다만, 그의 작품은 도무지 이해할 수 없고 혐오스럽습니다…" 경찰들은 때때로 정확히 본다.

코페는 모음 소네트를 모방한 패스티시로 조금 더 세련되게 똑같은 말을 한다.

불장난에 성공한 랭보는

내가 안타깝게 여기는 소네트에서

O, E, I 모음으로

삼색기를 만들려 한다.

《지옥에서 보낸 한 철》을 마무리 짓는 이 시구를 다시 읽어보자.

> 그러나 지금은 전야前夜다. 생기와 현실의 애정이 흘러들어오는 대로 받아들이자. 그리고 새벽에, 뜨거운 인내심으로 무장하고 우리는 찬란한 도시로 입성하리라.

물론, 우리는 이 시구가 말하는 바를 정확히 이해하지 못한다.

(아르튀르 자신도 자기 시의 불가해성을 알고서 1871년 조르주 이장바르에게 보낸 편지에서 미리 대비하듯 말했다. "이건 아무 의미 없는 게 아니에요.") 분명히 말은 잡목림이다. 무성한 덤불에 가려진 빈터를 예감할 수 있다.

분위기는 유독하지만 언제나 아름답다. 그것은 저물어가는 19세기를 닮았다. 신은 죽었다. 인간이 신을 죽였다. 갈팡질팡하는 인간은 홀로 참호를 향해 나아간다. 빛은 인간을 풀이 짧게 깎인 벌판에 남겨두었다. 이

성은 기술의 우상들로 지혜의 기둥들을 대체했다. 태초에 말이 있었다. 이제 말은 엉클어졌다. 우리가 이 어둠 속을 오랫동안 헤매야 할까?

귀스타브 티봉은 저서 《풍요로운 착각》에 현대시에 대한 정의를 이렇게 담았다. "몸짓을 대신하는 경련, 말을 대신하는 비명, 발성되지 않는 언어까지 밀어붙인 '담론'의 거부…".

물론, 현대시는 마지막 세기의 화로 너머에서 포틀래치[52] 춤을 춘다. 그러나 때때로 수Sioux 족의 춤은 고유한 아름다움을 지녔다. 랭보의 춤은 사원의 폐허 위에 여전히 그림자를 드리우고 있다.

그 불장난에 장광설을 늘어놓지 말자.

칼자루는 아르튀르에게 있다.

이건 다 공상입니다, 늘 그렇듯이.

---

52 북미 인디언이 집안의 좋은 일에 과시적으로 여는 축하연.

황금과 진창

랭보의 시는 독자의 마음에 제 이미지들을 투사한다. 그의 시는 아무것도 증명하지 않고 설명하지 않는다. 주장도 없고 분석도 없다. 말들은 우리 뇌의 천장에 장면들을 던진다.

알록달록한 부조화 속에서는, 벽화 동굴 속처럼, 맹수가 어린 양과 나란히 자리한다. 썩은 것 위에서 꽃이 피고, 격류가 시신과 여자들, 파리와 다이아몬드를 휩쓸어간다. "강철과 에메랄드로 된", 하고 아르튀르는 《일뤼미나시옹》에서 명시한다. 연금술사가 거대한 증류기 속에 집어넣을 재료들을 선택하는 데 차별은 없다.

《일뤼미나시옹》의 말미에서 랭보는 세상을 바겐세일로 내놓고 목록을 만든다. "보이지 않는 광채와 지각할 수 없는 희열로의 무분별하고 무한한 도약, 그리고 각각의 악덕을 위한 그 불안한 비밀들." '악덕'과 '광

채', 연금술사는 모든 걸 취한다. 아르튀르의 왕국에 재고 조사 같은 건 없다.

보들레르는 《악의 꽃》이라는 주술서에서 말했다. "너는 내게 네 진창을 주었고, 나는 그걸 황금으로 만들었지." 그에게 예술은 삶을 변화시키고 현실이라는 이 송장을 정화하는 것이다.

랭보는 구분하지 않는다. 황금은 진창의 변신이 아니다. 둘은 뒤섞인다. 시인은 제 재료를 주물러 뒤섞는다. 심상들은 성스럽다가 불결하고, 때로는 뒤섞인다. 랭보는 즉석에서 순수와 불순을 결합하는 혼례의 복사服事가 된다.

임무 받은 명령은 언어를 무너뜨린 다음 다시 발명하는 것이다. 정화되어 다시 태어나기 위한 이행과정으로 자신을 더럽히는 것이다. 어느 날 아르튀르는 세상의 토대를 파서 무너뜨리고, 다음날 사원을 수리한다. 파괴하고, 갱생하기. 생명의 솔페지오는 랭보의 임무를 닮았다. 시인은 정성을 거꾸로 쏟아 우상들을 다시 일으켜 세울 것이다.

랭보는 아르덴에서 몇 차례 얌전한 가출을 실행한

뒤 훼손을 시도한다.

전기적으로 볼 때 랭보의 모험은 밀밭 사이로 걷고, 모든 걸 알고, 의미들을 헝클어뜨리고, 밑바닥에서 뒹굴고, 태양 아래 우뚝 서고, 바다 건너편에서 자신의 땅으로 돌아와 죽는 것이다. 이 삶은 불가사의한 속죄의 식 같다. 성당 앞 광장에 새겨진 이 오래된 운명은 상반되는 힘 사이의 동요를 그린다. 오염과 순수. 아주 세찬 흔들림에서 작품이 솟구쳐 나온다. 헤라클레이토스의 51번째 단장은 랭보 공식公式의 장소다. 에페수스의 철학자는 말한다. "그들은 차이가 어떻게 화합하는지 파악하지 못한다. 활과 리라처럼 상반된 긴장들의 조화를."

활과 리라는 형태가 같다. 하나는 전쟁에 쓰이고, 다른 하나는 시에 쓰인다. 아르튀르-헤르메스는 리라로 노래하고, 아르튀르-아폴론은 리라를 활로 바꿔 자신이 노래하는 것을 해친다. 오래된 직관이 빛난다. 이 세상의 그 무엇도 제 봄을 알지 못한다는 것. 봄은 오기전에 이미 파괴되었다. 랭보는 스스로 폭발한 조각들을 다시 붙이려고 고심하는 가련한 스테인드글라스다.

'계절'의 입구로 들어설 때도 여전히 헤라클레이토스를 기억해야 한다. "차이는 화합한다."

《지옥에서 보낸 한 철》은 이렇게 시작된다.

어느 날 저녁, 나는 아름다움을 내 무릎에 앉혔다. 그런데 그것이 씁쓸해 보였다. 그래서 욕설을 뱉었다.

조금 더 뒤쪽에서 시인은 생각을 바꿔 활을 내려놓고 리라를 든다.

오 계절이여, 오 성채여!
결점 없는 영혼이 어디 있을까?
…….
그건 다 지나갔다. 오늘 나는 아름다움을 반길 줄 안다.

침 뱉기, 반기기. 쓰러뜨리기, 다시 일으켜 세우기. 더럽히기, 씻기기. 헤라클레이토스라면 "밤과 낮"이라고 말할 것이다. 다정함과 잔인함의 뒤얽힘이 시 속에 짜인다. 표범과 사슴이 나선형으로 무한히 뒤얽혀, 무한히 산 채로 죽음을 향해 굴러가는 고대 스키티아 보석 문양처럼.

랭보는 리라를 붙들고, 호弧의 양쪽 끝을 가까이 당긴다. 그리고 화살을 쏜다. 시가 폭발한다! 헤라클레이토스는 다른 단장에서 그 비밀을 내놓는다. "활의 이름은 삶이고, 그것의 작품은 죽음이다." 활을 당김으로써, 서로 대립하는 것이 결합하고, 극단이 접촉하며 에너지가 증대된다. 랭보의 이름은 활이고, 그의 작품은 여명과 밤의 투쟁이다.

아르튀르는 하늘과 도랑 사이를 오가는 연락선이다. 펠릭스 페네옹은 《지옥에서 보낸 한 철》에서 "피, 살, 꽃, 재앙"을 차례차례 불러일으키는 "야만적인 아름다움"을 보았다. 같은 활이 천사와 악마를 쏜다. 그리고 전사 중 하나가 맞는 활은 아름다움이거나 비천함이다.

순수한 풀 같은 젊고 굵은 팔뚝의 후회!
신성한 침대 한가운데 누운 사월의 황금빛 달!
저 썩은 것들을 싹 틔운 팔월 저녁에 사로잡혀
방치된 강변 공사현장의 즐거움!

아르튀르는 과장된 표현의 우상들을 공격하기 시작한다. 열여섯 살에 그는 베누스 아나디오메네(그리스어로 "물에서 나온 비너스"라는 뜻이다)에 시를 한 편 바친다. 교육받은 유년기의 상상 미술관에서 젖을 먹고 자란 상냥한 우리 부르주아들은 그 말에서 월등한 아름다움의 비율을 갖춘 보티첼리의 비너스를 떠올린다. 황금색 머리카락, 우윳빛 피부, 파란 우수에 젖은 눈. 그러나 랭보는 매복해 있다가 조개 비데에서 나오는 뮤즈에게 제 시를 뱉는다.

허리에 두 마디 말 새긴 채, 클라라 비너스
─ 이윽고 온몸을 꿈틀대며 내민다
항문에 암종을 단 흉측하게 아름다운 커다란 엉덩이를.

이때부터 그는 훈족 기병이 잡화 박물관을 향해 내달리는 듯한 내리막 질주를 더는 멈추지 않는다. 랭보는 프랄린 과자 속 아틸라[53]이고, 작은 원탁 위에 올라

___
53 훈족의 왕.

선 전차이다. 에잇! 모든 걸 약탈하자. 그가 〈지옥에서 보낸 한 철〉에 썼듯이 "도덕은 뇌의 나약함"이기 때문이다. 전쟁은 웃음거리, 도덕주의, 윤곽이 도드라진 것과 머시멜로우에 맞서 선포된다. 계획은 단호하고 무장은 엉망이다.

텍스트들에서 도치는 "치욕을 영광으로, 잔혹함을 매력으로 만들며" 체계 역할을 한다. 곳곳에서 랭보는 자신의 채색장식을 더럽힌다. 똥으로, 정액으로, 피로, 술로. 파리들이 꽃을 뒤덮는다.

> 그렇게 초원은
>
> 망각에 놓이고
>
> 향과 독보리가
>
> 자라 꽃 피우고
>
> 사나운 뒝벌에
>
> 더러운 파리까지 들끓네.

삶에는 타락이, 불량함이, 방황이, 그리고 불미스러운 사랑의 낙인이 있을 것이다. 우리는 150년 전, 동성

애가 위반이고 정말 단죄되던 세상에 있다.

나는 몸 곳곳을 베고 문신을 새겨 몽골인처럼 흉측해지고 싶
어. 두고 봐, 내가 거리에서 울부짖을 테니.

〈착란 I〉, 《지옥에서 보낸 한 철》

아르튀르의 왕국에는 왜 무언가 부패한 게 있을까?

나의 보트는 늘 묶여 있네; 쇠사슬 당겨진 채
가없는 이 물의 눈 속에—어떤 진창에?

세상이 타락한 것이, 모든 꽃이 진흙 속에서 피어나
는 것이, 골짜기의 갈대밭에서 잠든 모든 미소년이 옆
구리에 상처를 입은 것이 가련한 시인의 잘못일까? 투
시력 비상한 이들의 불행일까? 세상을, 다시 말해 악을
보는 것이? 삶을, 다시 말해 고통을 이해하는 것이. 그
리고 시가 파리들을 사냥하는 것이?

자기 훼손

랭보는 위고가 아니다. 그는 꾀꼬리의 노래를 즐길 줄 모른다. 비너스의 모습에서 랭보는 암종을 본다. 위고는 뜻 없는 허사를 즐길 줄 안다. 행복에 대한 위고의 앎을 《관조》에서 발췌하면 이러하다.

나는 그녀 뒤를 따라 올라갔다. 그녀가 제 다리를 보여주더니
나의 뜨거운 눈길에 대고 말했다, "조용하세요!"

페네옹에 따르면 하늘과 지옥을 "심연 공간"과 "침울한 무질서"로 본 랭보 이후로 사람들은 위고의 마카롱을 거의 비웃을지도 모른다. 그건 잘못된 태도다. 많은 징벌이 위고의 관조를 관통하고 있다. 빛 사이로 그림자가 기고 있다. 빅토르 위고는 망명, 애도, 처벌을 겪었어도 고통이나 자기 훼손 취향은 전혀 느끼지 못한다. 그는 바람과 늪에 맞서 만물의 다정함에 집착한다.

세상을 파괴하려는 모든 시도에서 타격은 그것을 가하는 자들에게 돌아온다. 중국 도道의 오래된 법칙은 이것이다. 내 시선의 우상을 깨뜨려야 내 눈에 광채를 얻는다는 것! 랭보는 언어를 공격하며 추락 속에서 단련한다.

나는 지독한 독을 한 모금 삼켰다. 내게 온 조언이여 거듭 축복받으라! 나의 내장이 불탄다. 맹렬한 독이 나의 사지를 뒤틀며 나를 일그러뜨리고 쓰러뜨린다. 목이 말라 죽을 것 같고, 숨이 막히는데 소리칠 수가 없다. 이건 지옥이고, 영원한 형벌이다! 불길이 되살아나는 걸 보라! 나는 멋들어지게 불탄다. 가라, 악마여!

어린 시절은 고통의 원천이다.

그렇다, 내가 가진 건 악덕이다. 그것은 나와 함께 멈춰서고 다시 걷는다. 내 가슴이 열리면 불구가 된 끔찍한 심장을 보게 되리라. 어린 시절에 나는 내 옆구리에 던져진 고통의 근원을 들었다. 오늘날 그 고통은 하늘로 자라 나보다 훨씬 강하다. 그것이 나를 치고, 이끌고 땅바닥에 내동댕이친다.

그가 파리에서 베를렌을 만난 1871년 9월 말에서 베를렌이 랭보에게 총을 쏜 1873년 7월까지는 소용돌이 같은 긴 내리막이다. 펠릭스 페네옹이 "석연치 않은 미소년"이라고 불렀던 그는 북유럽 역들을 떠돌고, 처음에 그를 지지했던 이들을 분노에 빠뜨리고, 친구들을 거덜내고, 고리타분한 늙은이들을 모욕하고, 종적을 감췄다가 돌아오고 다시 사라진다. 그는 베를렌과 함께 떠난다. "나는 지옥 같은 남편의 노예다", 라며 비열을 추구하고 찾는다. 그는 연인을 소유하고, 주변 세상을 겁에 질리게 한다. 베를렌은 그를 따라 방랑이라고 부르게 될 광견들의 여행에 나선다.

랭보의 원칙은 연금술처럼 오래된 것이다. 지옥으로 가서 지옥을 잊게 해줄 길을 찾는 것!

아르튀르의 죽음 후, 야수 같은 사랑을 부인하려는 베를렌의 시도에도 불구하고, 오빠를 성체배령하는 모습으로 그려내려는 동생 이자벨의 노력에도 불구하고 랭보는 미덕들의 도치를 통해 자신을 더럽히려는 계획을 성공적으로 이뤄냈다. 정신적 질서의 전복은 〈지옥에서 보낸 한 철〉의 어느 시구에 토로된다.

내 정신의 무질서가 마침내 성스럽게 느껴진다.

석연치 않은 자 아르튀르가 살아 있었다면, 인류가 스승들로부터 "너 자신을 돌보라"는 이 글로벌한 규칙을 받아들인 이 2020년과 2021년에는 무슨 생각을 했을까? "조심하라"가 국가적 훈계가 된 이후로 인간의 정신은 무얼 산출할 수 있을까? 어쩌면 뜨뜻한 물속에서 보낸 한 철? "몽골인처럼 흉측"해지길 꿈꾼, 아르덴 정원에서 타죽은 이 위대한 사람은 이런 주문에 무엇으로 맞섰을까?

얼어붙은 밤이나 야간 산행에서 (상대적) 시련과 (가벼운) 박탈감을 겪는 내 등산애호가 친구들과 함께 종종 나는 랭보가 포기와 타협하지 않고, 포기를 섬기는 가장 불길한 시녀인 조심성과 결코 타협하지 않기 위해

모든 고통을 받아들였다는 사실을 떠올리며 큰 힘을
얻곤 한다.

복구

랭보 시의 다른 얼굴은 복구다. 그는 〈지옥에서 보낸 한 철〉의 말미에서 발푸르기스의 밤[54]에 마침표를 찍는다.

그러나 오늘 나는 지옥과의 관계를 끝낸 것 같다.

〈작별〉이라는 시에서 그는 자신의 지하 체류를 결론짓는다. 어둠이여 안녕! 이 시는 악몽을 씻은 새로운 자화상을 제시한다. 《일뤼미나시옹》은 나중에 솟아날 테고, 여기서는 탈피를 알린다.

마법에 걸린 문인이 모험가로 변한다. 애가哀歌들이여, 선술집의 연기여, 베엘제붑 같은 혁명가들이여 안녕!

---

54 중부 유럽과 북유럽에서 4월 말이나 5월 1일에 여는 봄의 축제.

왜냐하면 내가 승리를 거머쥐었다고 말할 수 있기 때문이다.

이빨 가는 소리도, 불길이 내는 휘파람 소리도, 악취 나는 한숨도 가라앉는다. 더러운 모든 기억이 지워진다. 나의 마지막 회한들도 달아난다─걸인들, 불한당들, 죽음의 친구들, 온갖 종류의 낙오자들에 대한 질투도. 영벌 받은 자들이여, 내가 복수만 할 수 있다면!

절대적으로 현대적이어야 한다.

성가는 없다. 승리의 걸음을 고수할 것. 모진 밤이여! 말라붙은 피가 내 얼굴 위에서 김을 내뿜는다. 그리고 내 뒤엔 아무것도 없다. 저 끔찍한 관목뿐!… 영적 싸움은 인간들의 전투만큼 난폭하다. 하지만 정의에 대한 전망은 오직 신의 즐거움이다.

그러나 지금은 전야前夜다. 생기와 현실의 애정이 흘러들어오는 대로 받아들이자. 그리고 새벽에, 뜨거운 인내심으로 무장하고 우리는 찬란한 도시들로 입성하리라.

엄청난 계획 아닌가! 엄청난 목적이고 대단한 표적이다. "찬란한 도시들"이라니! 종려나무 가지를 든 아르튀르가 예루살렘에 들어선다! 그는 (종탑과 종탑을 이은 팽

팽한) 밧줄 위에 올라 춤을 추고, 니체의 줄타기 곡예사처럼 "삶을 긍정"하려 한다! 죽음의 친구들, 니힐리스트들, 가짜 사제들과 확고히 자리 잡은 진짜들, 압생트 술꾼과 악마 같은 몽상가들에게 덤벼든다! 〈작별〉의 글은 랭보의 활동 선언문 같은 것이다. 더이상 삶은 "성가"로도, "불의 휘파람 소리"로도 복잡해지지 않을 것이다. 더 간단히 말하자면, 헛된 약속에 대한 희망도, 신들린 망아상태도 없을 것이다. 모든 것은 여기에서 지금 이루어질 것이다. 시는 젊음의 원천이 될 것이다.

랭보의 지옥에 무엇이 뒤따를 수 있을까?

가정의 낙원? 아니다. 아르튀르는 정돈된 삶과 포마드 바른 아들을 둔, 쾌적한 온도로 조절된 악몽에 적합한 사람이 아니다. 그는 위고처럼《할아버지가 되는 법》은 결코 쓰지 않을 것이다. 기껏해야 〈못된 아들이 되는 법〉이나 썼을까.

그렇다면 퀴드 노비Quid Novi[55]? 결혼? 나중에, 멀리 떨어진 아프리카에서 그는 결혼을 생각한다.

---

[55] "무슨 새로운 거라도?"라는 뜻의 라틴어.

　　　　　랭보와 함께하는 여름

성스러운 질서? 그는 신을 모독했고, 움직임을 숭배한다. 그는 갇히지 않을 것이다.

군대? 그는 유럽 제국의 뒤뜰에 버려진 뜨내기 부대에 여러 차례 들어갔다가 매번 탈영한다.

탕자의 귀환? 탕자가 되려면 두 팔 벌려 맞이할 부모가 있어야 한다. 게다가 아르덴은 축축한 지방이고, 랭보는 습기를 좋아하지 않는다.

여행기 쓰기? 그러자면 우선 여행을 해야 하고, 나중에 지리에 대한 박식한 보고를 써야 할 것이다.

여행? 그렇다, 그것이 일뤼미나시옹이다! 길 위에서 약속은 절대 배반되지 않는다. 땅은 우리가 밟을 때는 속이지 않는다. 유랑하는 삶의 이점은 이것이다. 언제나 출발점에 있을 수 있다는 것. '기운'만 있으면 된다.

랭보는 무일푼이다. 그의 희망은 하나도 실현되지 않았다. 무절제한 삶은 피곤했고, 시는 이해되지 않았다.

그에겐 〈취한 배〉에 충실할 일만 남았다. 떠나는 것. "강들은 내가 원하는 곳으로 나를 내려다 주었다."

"일단 움직이면 모든 것이 해결된다", 라고 여성 탐험가 알렉상드라 다비드-네엘은 말했다. 페르난두 페소아는 한술 더 떠서 말했다. "행동한다는 건 휴식을 안다는 것이다." 그리고 랭보는 1881년 하라르에서 가족들에게 보낸 편지에 행동 선언을 이렇게 결론짓는다. "말을 한 마리 사서 떠날 겁니다." 같은 편지 조금 더 위쪽에서는 이렇게 말한다. "무역을 하러 미지未知 속으로". 아르튀르 랭보의 새로운 미지는 더는 이미지와 형태들의 미지가 아니다. 그는 이제 말 밖의 미지를 향해 나아간다. 지리 속으로!

지도의 흰 얼룩. 그것이 장소이고 공식이다.

야생의 나라로! 그래, 아르튀르! 말을 한 마리 사서 떠나. 그건 모든 시인이 해야 할 일이다. 진실은 종이보다는 모래 위에 쓰인다! 아라비아의 로렌스가 같은 태양 아래에서 40년 후에 입증해 보이지 않았나! 상브르강과 뫼즈강 이후에 흘린 땀과 피로!

끝났다. 악몽과 악몽의 뒤집힌 얼굴(그러나 여전히 흉측한)인 희망은. 끝났다. 세상을 바꾸고 싶어 한 메시아 랭보는. 끝났다. 구렁텅이에 떨어지고 싶어 한 악마 같은 랭보도. 천사와 악마 사이에 다른 얼굴 하나가 놓여 있다. 여행자다. 현실에 충성하는 것이야말로 인간의 가장 고귀한 정복임을 알기까지 쇼브 산에서 3년을 보내야 했다. 모험은 시가 작동하지 않았을 때의 시적인 삶이다.

떠나라, 아르튀르! 나는 랭보가 그 유명한 시구 "절대적으로 현대적이어야 한다"에서 현대성이라고 불렀던 것이 길 위에 있으리라고 믿고 싶다.

안타깝게도 (이) 문장은 인기를 끈다. 20세기에 부화뇌동하는 진보주의의 패거리들은 그 문장을 그들의 깃발에 새긴다. 근대주의자들은 현대성과 과거의 체계적 파괴를 혼동한다. 그들은 외친다. "테라 노바(새로운 땅)." 그러더니 어느 날, 스스로 판 구덩이에 빠져서 더는 아무 말이 없다. 랭보는 그림자들이 사라지고, 분노가 가라앉고, 세상이 현실적이며 만져질 만큼 물질적이고 즉각적인 모습을 드러낸다는 걸 받아들인 날 아마도 절대적으로 현대적이었을 것이다. 우리 마음에 따르면 현대인 사람은 그런 세상에서 살기를 택하고, 그걸 바꾸기보다 지키기를 택한다.

영예로이 랭보는 현실의 "찬란한 도시들"로 간다. 그는 더는 사탄과 교미하길 바라지 않고 신에게 잘 보이고 싶어 하지도 않는다.

　약속의 장사꾼들, 직업적 진보주의자들, 주는 대로 믿는 자들에게 랭보가 내놓는 교훈은 이것이다. 말을 한 마리 사서 떠나라!

길의
노래

걷기와 꿈

오랫동안 그는 이른 시간에 걸었다.

"샤를빌 고등학교에서 통학생으로 2학년을 다니던 아르튀르 랭보는 학교 땡땡이치는 데 완전히 빠져 피로를 느낄 때까지 밤낮으로 산과 숲과 들판을 쏘다니는 대단한 도보자였다"라고, 베를렌은 〈저주받은 시인들〉에서 임도를 걷는 지칠 줄 모르는 아르튀르를 묘사한다. 랭보는 시의 운율과 발걸음에 이중으로 리듬 맞춰 지칠 때까지 살듯이 걸었다. 생애 말기에 골육종암이 이 도형 여정의 빚을 청산하도록 내몰았다. 학교나 그의 어머니―"무정한" 어머니―가 고삐를 늦출 때면 그는 도망쳤다. 권태는 그의 삶의 진짜 적, 최고의 자극제였다.

왜 걷기는 시와 그토록 잘 맞을까?

걷기는 우선 유년기와 잘 맞다. 아이는 삶이 모험이

되리라고 믿는다. 걷기는 약속을 실현하고, 별로 비용이 들지 않는 훈련을 제공한다. 아이는 첫 길을 만나면 걷고, 그것은 미망에서 벗어나는 시간이 될 것이다.

오! 어린아이의 책 속에 존재하는 모험의 삶.

유아기에 꿈꾼 삶은 스티븐슨이 쓴 《보물섬》의 주인공, 롱 존 실버의 배에 타게 된 여인숙의 소년 짐의 삶이다. "카드와 판화를 좋아하는" 보들레르 같은 아이는 세상에서 골동품 가게의 진귀한 보물들을 기대한다.

나는 십자군을, 아직 견문기 없는 발견 여행을, 역사 없는 공화국을, 질식한 종교전쟁을, 풍습 혁명을, 인종과 대륙의 이동을 꿈꾸었다. 나는 모든 매혹을 믿었다.

〈말의 연금술〉

숲속 걷기는 아이에게는 입문의식이 되고, 성인에게는 정결의식이 된다. 바람은 아르튀르가 자기 초상을 그리며 말했듯이 "혐오에 맡겨진" 뇌의 그늘을 내쫓는다. 그는 구불구불 이어지는 뫼즈강을 치고 가파른 숲을 가로지르며 수 킬로미터를 걸어야 했다!

아! 비가 오나 눈이 오나 걸었던, 내 어린 시절의 삶.

유령들을 흩뿌리기에 고통스럽도록 걷는 것보다 나은 게 없다! 고통은 심장의 타는 듯한 아픔을 잊게 해줄 것이다.

"나는 아무 생각도 하지 않으리라", 라고 걷는 자는 말한다. 걷기는 정신을 말끔히 씻는 일이다. "바람은 얼마나 이로운가!" 한탄과 상상의 혐오를 멀리하고 명료하게 생각하려면 앉아 머물지 말아야 한다. 자라투스트라는 랭보처럼 산다. 걸으며! 그리고 니체처럼 랭보는 순응주의를 향해 가는 첫걸음인 안락의자와 안락을 경계한다. 게다가 랭보는 사는 것이 곧 걷는 것인 시대에 살았다. 프랑스에서는 말을 타고 가거나 대개는 걸어서 다녔다. 철도가 프랑스를 관통하기 시작했지만, 아직 공간이 축소되지는 않은 시대였다. 약속을 지키기 위해 나흘 동안 걸어서 가는 것이 조금도 특별한 일이 아니다. 1870년 10월의 어느 날, 랭보는 걸어서 샤를루아로 간다. 그곳 신문사에 편집자 일자리를 알아보기 위해서였다. 그는 성과를 얻지 못하자 내친김에 브뤼셀까지 간다.

아르튀르는 들판을 가로질러 나아간다. 풍경을 수확한다. 걷기란 소재를 차곡차곡 모으는 일이다! 숙박지에서, 선술집이나 가정집에서 추억을 새기는 시간이다. 길 위에서 보낸 계절이 없었더라면 《일뤼미나시옹》도 없었을 것이다.

움직임은 사유를 제공하고 이미지들을 공급한다. 근육으로 얻는 풍성한 영감은 거닐며 즐기는 한시처럼 오래된 것이다! 그리스도의 방법, 낭만주의의 확신, 루소의 직관, 랭보의 확증, 그리고 오늘날의 일반적 논거는 걷기가 생각의 열역학이라는 것이다. 일 킬로미터는 시 한 행과 맞먹는다! 이 방정식은 〈나의 방랑〉 속에 있다.

　─꿈꾸는 엄지동자, 나는 걸으며
　　시의 운을 한 알 한 알 뿌렸네.

위고의 《목격담》은 그의 기억의 분출이다. 랭보의 목격담은 길에서 채취한 것이다. 방랑자는 제 표상들을 포착한다. 이미지들은 그물에 잡힌 나비들이다.

〈골짜기에 잠든 자〉의 이 시구는 모르트퐁텐의 코로[56]를 연상시킬 것이다.

> 여기 개울이 노래하는 푸른 구덩이
>
> 은빛 누더기 미친 듯 풀밭에 걸려 있고
>
> 우뚝 솟은 산에서 태양이 빛나는
>
> 이곳은 햇살 거품이 이는 작은 골짜기.

계곡이 이렇게 묘사된 건 그가 그곳을 지나갔기 때문이다. 아르튀르는 훗날 그곳으로 "오른쪽 옆구리에 빨간 구멍 두 개 난 채" 죽은 잠든 이를 옮겨갈 것이다. 우선 풍경을 보아야 그걸 지어낼 수 있었다. 커튼 치고 덧문까지 닫은 집필실에서는 강이 노래하지 않는다.

---

56 Jean-Baptiste-Camille Corot(1796~1875). 19세기 프랑스 최고의 풍경화가. 〈모르트퐁텐의 추억〉은 그가 그린 3천여 점의 그림 가운데서도 걸작으로 꼽힌다.

자기 삶이 어떻게 펼쳐질지 짐작도 못 하고, 온갖 문화적 족보를 아랑곳하지 않는 아르튀르는 광신도들, 들판에서 빈둥거리는 방랑자들, 구걸하면서 떠도는 승려들, 벨라루스의 떠돌이 화가들, 노상의 강신술사들, 흙먼지가 영적 해방을 가져다주길 바라는 반쯤 사기꾼이고 반쯤 경이로운 다른 걸인들 등의 계보에 속한다.

이 걷는 무리는 몸을 지치게 하는 데서 새로운 발견을 찾는다. 길의 시인이 "장소와 공식을 찾는 일"이라는 정의를 내놓을 정도로 탐색을 승화하기까지는 《일뤼미나시옹》을 기다려야 했다.

어린 시절의 길들

그러니까 아이는 아르덴을 가로질러 떠난다. 걷기는 그의 첫 정복이다. 온 삶이 그렇게 펼쳐진다. 먼저 어린 시절의 작은 방 채광창에 시트를 묶어 빠져나와 떠났다! 아이는 떠나면서 어른이 된다. 그는 걷는다. 그것이 그의 정체성이다. "저는 그저 걷는 사람일 뿐입니다", 라고 아르튀르는 1871년에 시인 드므니에게 썼고, 이 시인은 그 말을 전혀 알아듣지 못했다. 첫 가출은 1870년 8월 29일로, 그는 샤를루아로 갔다가 파리로, 걷다가 기차를 타고 간다. 그러다 유치장에 갇힌다. 방랑이라는 범법행위가 그에게 주어진 가장 멋진 문학상이다. 10월에 그는 다시 퓌메, 지베, 그리고 샤를루아로 갔고, 브뤼셀까지 뛰듯이 간다. 그곳은 활주로처럼 편평한 지역이다. 뱅뱅 도는 굽이를 지나자 나뭇가지 부러지는 소리를 나더니 왜가리가 날아오르고, 청석돌

지붕과 하얀 밀밭이 펼쳐진다. 그러던 어느 날, 벽돌, 연기, 박공 얹은 집들이 빼곡한 광장, 아주 동글동글한 사람들이 사는 협소한 집들이 나타난다. 벨기에였다.

1871년 2월, 그는 기차로 다시 파리로 갔다가 샤를 빌로 걸어서 돌아간다. 9월 말, 다시 파리로 가는데, 이 번에는 베를렌의 초대를 받고서다. 열일곱 살의 소년 이 스물일곱 살의 목신에게 초대받은 것이다. 우리는 베를렌의 편지를 안다. "위대한 영혼이여, 어서 오라. 우리는 당신을 원하고, 당신을 기다린다." 이런 부름이 라면 길 떠나기에 충분하다.

이제 그는 길동무와 함께 다닌다. 그러나 방황은 이 제 저녁 불빛 아래 거니는 낭만적인 산책이 아니다. 랭 보는 영혼은 애정으로, 몸은 감각으로, 정신은 사랑의 시로 부푼 채 햇살이 터져 나오는 꽃가루 속으로 나아 가는 매혹된 방랑자가 더는 아니다. 횔덜린 풍의 랭보 는 끝났다! 베를렌과 함께하는 방황은 함포사격 같은 것이다! 성난 행보다! 정신착란의 달리기다. 플랑드르 파 그림들에 등장할 법한 어린 방랑자는 석탄 도시들 의 술꾼이 된다.

나는 만들어냈다. 보기 드문 음악 밴드들이 가로지른 들판 너머로 미래의 화사한 밤 유령들을.

(…) 그리고 우리는 동굴에서 와인을, 길에서 비스킷을 먹으며 헤매었는데, 나는 장소와 공식을 찾는 것이 절박했다.

그리고 불결한 방황, 파리의 거리, 역, 선술집, 도랑, 누옥들이 이어진다. 미국 철도에 떠도는 가난한 일꾼들의 일탈에 가까운 여정이다. 잭 런던은 그런 이들을 묘사했다. 이 속세의 부랑배들을. 케루악은 멀리서 그들을 좇았다. 술, 시, 정액, 전망 들은 방랑의 모터 속 연료가 될 것이다. 사랑하는 두 망령, 아르튀르와 폴은 대답을 찾아 나선다. 그들이 나아갈수록 대답은 뒷걸음질 친다!

그렇게 어린 아르튀르는 따뜻한 들판 산자락에서 걷는 사람의 이력을 시작했다. 그것은 순수한 걷기였다.

그 후 그는 어느 몽골인의 늘어진 옷자락에 걸려 비틀거리고, 골목과 숙소의 미로를 헤맸다. 그것은 몸을 더럽히는 걷기였다.

훗날, 그는 자기 자신이었다는 죄를 속죄하기 위해

아프리카의 자갈길에서 녹초가 된다. 그렇게 아프리카 길에서 고행한다. 그것은 속죄의 걷기였다.

아르튀르의 걷기

어린 시절의 걷기는 랭보의 정신에 어머니 격인 들판을 담은 양탄자를 짰는데, 네덜란드풍 그림, 총안 갖춘 탑이며 꽃이 만발한 초원, 하얀 합승마차가 오가는 고딕풍 산책로 풍경이 뒤섞인 것이었다. 라파엘 이전 그림에서 이 표상의 회화적 동치를 볼 수 있다. 음악에서는 슈베르트의 가곡 〈방랑자〉에서. 문학에서는 노발리스와 횔덜린의 산행에서. 걷기는 시의 최고 경지다.

자유로운 걷기를 즐기는 이들에게 자연은 습지, 초목, 논, 잡목, 황금 밀밭 등의 소재들이 각인된 서재 같은 것이다. 아르튀르는 그것들을 가로질렀고, 거기에 스며들었다. 그리고 그것들을 자기 시에 쏟아붓는다. 이 지리시학적 공간은 인간을 보호해준다. 이 밝고 부드러운 세계의 문장紋章들은 〈오필리아〉에 한데 모여 있다. 죽음이 그곳을 배회한다.

바람이 그녀 가슴에 입 맞추고 물결 따라 힘없이
너울대는 넓은 베일을 화관처럼 펼친다.
버드나무들 전율하며 그녀 어깨 위에서 울고
꿈꾸는 그녀의 이마 위로 갈대들 고개 숙인다.

찌푸린 수련들 그녀를 둘러싸고 한숨 짓는데
그녀는 이따금 잠든 오리나무 속 둥지를 깨우니
거기서 날개 파닥이는 소리 작게 새어나오고
—신비로운 노래 하나 금빛 별에서 떨어진다.

샛길 가로지르는 랭보의 풍경 문장紋章은 기사 아르튀르와 구해야 할 여인을 위한 지리를 구성한다. 때때로—고딕 게르만풍 지리 시학의 핵심인—선술집이 여행자를 맞이한다. 바타비아 여자처럼 따뜻하고, 맥주처럼 하얗고, 젖가슴처럼 부드러운 선술집이.

초록 선술집에서 나는 주문했다
버터 바른 빵과 반쯤 식은 햄을

아르튀르는 친구 들라에와 함께 이장바르 선생의 수업을 빼먹고 숲속 지도를 그린다. 그것은 어느 날 금지된 산책이라는 지나칠 수 없는 경험을 발견하는 모든 어린아이의 영원한 지리다. 우리가 깨진 유리가 꽂힌 담장을 처음 넘었던 경험과 맞먹는 건 아무것도 없을 것이다. 처음 만난 아름다운 여자보다 아름다운 건 아무것도 없다. 월계관들을 약탈하느라 바쁜 어른의 삶도 결코 첫 번째 도망의 수준에 미치지 못할 것이다. (나는 젊은 어른들로 구성된 정부가 늙은 국민에게 그저 그늘 아래 거닐 때조차 증명서를 만들라고 요구하는 2020년 봄에 이 글을 쓰고 있다. 우리는 진보를, 다시 말해 최악을 향한 추락을 멈추지 못한다.)

구불구불한 머리카락처럼 굽이치는 뫼즈강은 어린 랭보에게 샛길들을 내주었다. 더 빨리 달리고 싶다면 예인로를 떠나 구불구불한 사행길을 치고 가면 되었다. 가시덤불을 가로지르는 난폭한 방위각으로!

그는 샤를루아와 브뤼셀를 향해 걸어가던 1870년 가을의 가출 동안 숲과 밭의 노래를 짓는다.

여름날 푸른 저녁 나는 오솔길로 가리라,

밀이삭에 찔리고, 잔풀 밟으며.

몽상가로 발밑에 그 신선함 느끼리.

바람이 내 맨머리를 씻겨주리니.

나는 말하지 않으리라, 아무 생각 하지 않으리라,

그래도 무한한 사랑이 내 영혼에 솟아나리니,

나는 가리라 방랑자처럼 멀리, 아주 멀리,

자연 속으로―연인과 함께하듯 행복하게.

랭보의 어린 시절은 먼 출항에 대한 야심으로 시작된다. 아르덴은 보들레르 같은 "광대한 식욕"을 틀어막는다. 랭보는 움직임을 멈추지 않는다. 뱃사람들이 말하듯이 배는 가던 속도로 계속 항해한다. 아르튀르에게 다른 수평선들이 닥친다. 미로들, 지하 납골당들, 파멸의 행보들, 고통스러운 기상起床과 공포의 밤들, 예멘 광장과 마르세유의 무덤까지.

1880년 그가 아비시니아에 정착한 때부터 걷기는 햇볕 아래 들끓는 파리떼만큼 쉬지 않고 이어진다. 계속 걷고, 언제나 움직이고, 끊임없이 도주한다.

1890년 11월 10일, 그는 하라르에서 어머니에게 보낸 편지에 이렇게 쓴다. "더구나 제게 불가능한 것이 하나 있는데, 바로 눌러앉는 삶입니다." 어쩌면 이것이 저주받은 자의 저주가 아닐까. 절대 멈출 수 없다는 것.

마치 지붕에서 떨어진 사람이 이렇게 혼잣말을 하는 것 같다. 용기를 내, 계속하자고!

죽음을 향한 걸음

파스칼은 이미 예고했다. "인간의 모든 불행이 오직 한 가지에서 온다는 걸 발견했다. 방에서 가만히 쉴 줄 모른다는 것이다."

휴식 없는 움직임, 구원 같은 탈주, 불 구두로 바뀐 바람 구두. 이 병리에 대해 정신과 의사들이 붙이는 이름은 바로 방랑벽이다. 이 질병이 가련한 아르튀르가 겪는 고통이었다. 사회에 대한 분노보다 훨씬 큰 고통이었다!

멈춰서는 인간은 최악의 일을 겪을 위험이 있다. 자기 자신과의 대면 말이다! 걷는 건 자신에게 등을 돌리는 일이다.

랭보의 아프리카 행보는 도주이고 속죄다. 길은 때때로 중죄에 대한 죗값을 치르는 용도로 쓰인다. 자신을 지치게 하고, 자신을 해치는 것이다. 이 무슨 아이러니인가! 처음에 우리는 멀리 떠나기를 꿈꾸며 자신의 영감에

물을 댄다. 나중에는 우리가 대가를 치러야 할 것을 킬로미터로 지불하는 것이다. 1880년에서 1891년 사이에 그가 아덴과 하라르에서 보낸 예멘의 편지들은 자갈과 피로 속죄하는 이 행보, 공포의 도주를 기록한 것이다.

어느 날, 어머니에게 보낸 한 편지에 기진맥진한 마지막 행보에 관한 이야기가 담긴다. "천으로 덮인 들것을 만들게 하고, 거기 실려 하라르 산과 제일라 항구 사이의 3백 킬로미터 사막에서 12일 동안 이동했어요. 그 길에서 얼마나 끔찍한 고통을 겪었는지는 말해 뭣하겠습니까."

몸은 굴복했고, 1891년의 이 퇴각은 죽음을 예고한다. 랭보의 삶은 해방의 행보(아르덴의 빈둥거림)에서 고문의 질주(아프리카의 마라톤)로 향하는 움직임이다.

10년 동안 랭보는 뼛속까지 걷는다. 그리고 1891년 11월 10일 골육종암으로 죽는다. 이동과 도주가 초래한 이 병은 무릎에서 시작되었다. 아르튀르의 전기를 위한 이미지로는 심장을 잠식한 곤충에 잡아먹히고, 자신의 심상들에 쓰러지고, 시로 문란해져서 죽는 편이 더 적합했을 것이다. 그래야 신화에 부합하는 죽음이었을 것이다. 광기에 휩쓸려야 시인의 평판이 높아진다. 그런데 다리를 절단하고 암에 잠식되다니, 얼마나 실망스러운 일인가!

다른 곳은 낙원을 감추고 있지 않았다. 킬로미터를 지치도록 수확하는 일은 아무 소용이 없었다. 시인은 붓다가 2천5백 년 전에 했듯이 깨우침을 달라고 길에 청했다. 하지만 붓다는 결국 나무 아래 앉아서 더는 움직이지 않았다. 방랑벽을 지닌 랭보에게는 골육종암만 주어졌다.

《일뤼미나시옹》에서 그는 부단한 움직임의 부질없음에 대한 직관을 보여준다.

나는 나지막한 나무들을 지나 대로를 걷는 보행자다.

(…)

오솔길들은 험하다. 구릉들은 금작화로 뒤덮였다. 바람 한 점 없다. 새들과 샘물들은 아주 멀기만 하다! 더 나아가면 세상 끝일 수밖에 없다.

나의 방랑은 나의 고통이 되었다.

죽도록, 권태

어린 시절은 하나의 터널이다. 우리는 거기서 빠져 나올 것이다. 터널 끝에는 빛이, 자유가 있다. 약속의 시간이다. 모험이 시작될 것이다! 안타깝게도 횡단이 끝나도 세상은 실망스럽기만 하다. 보스[57]의 터널은 낙원으로 인도하지 않는다. 이런 소련식 농담처럼. "동지, 터널 끝에 빛이 보이죠? 맞은편에서 기차가 오고 있는 거요!"

아르튀르에게 학교생활은 뫼즈강처럼 느릿느릿 늘 어진다. 아르덴은 어린아이의 마음에는 칙칙하다.

자연은 탈주의 영토가 된다. 그것은 첫 시들에 스며 든다. 학교를 빼먹고 숲에서 보내는 시간, 가출, "여름 날 푸른 저녁".

---

57 Hieronymus Bosch(1450경~1516), 네덜란드의 화가.

땅은 아이를 속이지 않는다. 땅은 제 비밀을 지킨다. 어머니―무정한―는 아르튀르의 삶―우중충한―을 지켜본다. 그가 편지에서 쓴 호칭을 보면 어머니는 마더mother요, '주인'이다. 그 밖의 것은? 지루한 학교, 억압적인 교회, 거미줄에 걸린 삶. 어머니, 학교, 교회는 모리아크의 삼위일체이고, 랭보의 형무소다. 아르튀르는 어머니에게서 벗어나려 하고, 학교로부터 달아나려 애쓰고, 교회를 조롱한다. 그의 첫 번째 일뤼미나시옹은 한 가지 삶의 계획이 된다. 권태를 피해 달아날 계획!

1873년 5월 들라에에게 보낸 편지에 그는 쓴다. "마더가 나를 여기 침울한 구덩이에 집어넣었어. 어떻게 빠져나가야 할지 모르겠지만 어쨌든 나갈 거야." 권태에서 벗어나기 위해서는 연료가 필요하다. 그는 들라에에게 이어 말한다. "책 한 권 없고, 갈 만한 술집 하나 없고, 거리에 사고조차 안 일어나." 평생 그는 책을 애걸한다. 책은 그의 내적 보일러의 계량기다. 아프리카 유형 동안에 그가 겪은 번민은 우편으로 요청한 책을 받지 못하면 어쩌나 하는 것이다. 주문한 책이 홍해를 건너 목적지에 도착하기까지는 6개월이나 걸린다. 아프리카에서 쓴 편지들에도 똑같은 소리가 반복된다. '권태'. 아덴의 광장에서 태양 아래 그늘도, 책도, 친구도 없이 보내야 할 폭염의 낮을 누가 상상할 수 있을까?

아르덴에서는 시골의 단조로움이었다. 아라비아에서는 동양의 공허였다. 그는 1885년 9월 아덴에서 쓴다. "우리는 불가마 속 같은 이 구덩이 속에서 구워지고 있어요." 여전히 '구덩이' 속이다! 가련한 랭보! 구덩이에서 구덩이로 이어지는 삶이라니.

북쪽의 모든 예술가는 언젠가 태양을 향해 이동한다. 어떤 움직임이 화가들을 프로방스로 실어간다. 보나르, 마티스, 세잔, 반 고흐, 스타엘은 운하와 풍차에 작별을 고한다! 그들은 남쪽에서 찾던 것을 발견한다. 빛 속의 구원.

랭보는 권태를 떠나 불가마를 찾는다. 이 구덩이에서 저 구덩이로 건너간다.

아르튀르는 보들레르의 "경이로운 구름"[58] 앞에서 넋을 잃은 고독한 명상가들 무리에 속하지 않는다. 우주의 문장紋章인 돌멩이, 곤충, 식물은 어떤 이들의 삶에 충분하다. 그런 사람들은 대리석 낭떠러지에서 식물 채집을 한다. 세상은 영롱하게 빛나고, 그들은 그 영롱한 빛을 마시고, 만화경에 싫증 내지 않으며, 바위 스크린에 매혹된 세잔[59]들이 된다.

이 부류는 산 대피소와 프로방스의 농가들, 일부 작업실에 많다. 그들 내면의 고향이 그들에게 지옥의 질주를, 연미복의 권태를 피하게 해준다. 만약 랭보의 저주가 끈질기게 남아 있다면 어떨까? 절대 자신에게 만족하지 못하고, 아무것도 향유할 줄 모르고, 눈과 현실이 결코 결합할 줄 모른다면?

권태는 골육종만큼이나 고통스러운 정신의 종양이다. 스탕달이나 바이런처럼 랭보는 강제노역의 소용돌이 속에 권태를 흩어 버리려고 애쓴다.

시는 도주 노선을 폭로한다. 그는 권태를 피할 전

---

58 샤를 보들레르의 《파리의 우울》에 실린 시 〈이방인〉의 시구. "그대는 누구를 가장 사랑합니까?/ 수수께끼 같은 사람아 말해 보시오. 그대의 아버지, 어머니, 그대의 누이 아니면 형제?/ 내겐 아버지도 어머니도 누이도 형제도 없소./ 그렇다면 그대의 친구들?/ 지금 당신은 지금까지도 내가 의미를 알지 못하는 말을 하고 있소/ 그대의 조국?/ 나는 그게 이 세상 어디에 있는지도 모르오/ 그러면 아름다운 여인?/ 죽지 않는 여신이라면 기꺼이 사랑하고 싶을 거요/ 돈?/ 당신이 신을 싫어하는 만큼 내가 싫어하는 게 돈이라오/ 그러면 대체 무엇을 사랑하는 거요? 별난 이방인이여/ 나는 구름을 사랑하오… 저기, 저 흘러가는 구름을… 경이로운 구름을!

59 20여 년 동안 생트 빅투아르 산을 그린 화가 폴 세잔을 가리킨다.

략으로 체계적으로 행동한다. 먼저, 절대 일하지 않는다. "빌어먹을, 난 연금생활자가 될 테다", 라고 그는 〈열 살의 공책〉에 쓴다. (삶이 그의 어릴 적 서약을 배반하도록 내몰아, 랭보는 누릴 시간도 없을 돈을 모으기 위해 아프리카의 공허 속에서 자기 뼈를 망가뜨린다.)

말과 움직임

어린 시절의 서약 이후, 그는 권태에 자신의 해독제 둘을 내놓는다. 시와 여행이다. 길과 글. 길의 먼지가 글의 실체가 된다.

모험에 나서는 길은 한 가지 기적을 숨기고 있다. 모든 방랑자는 그 비밀을 안다. 길에 나서면 세상은 활기를 띠고, 생각들이 쏟아지며, 말들이 호위한다. 움직임은 불안을 쓰러뜨린다. 바로 틀림없는 연금술이 길에서 이미지들을 약탈해 백지에 쏟아내는 것이다. 그것이 여행하는 견자의 작업이다. 세상을 가로지르고, 세상을 스물여섯 자의 문자로 재구성하는 것이다. 직접적이고 마법 같은 이 활동은 방랑하는 삶들에 한 가지 의미를 부여한다. 움직임에 몰두한 사람들은 그렇게 믿는다. 경험하지 않은 건 그 무엇도 글로 쓰이지 못한다고.

베를렌이 그의 친구에게 신긴 '바람구두'는 자신의 의식, 자신의 그림자, 자신의 모습, 자신의 공허, 요컨대 자기 자신으로부터 달아나는 데 쓰인다.

떠나는 건 궁극의 '구덩이'인 자기 자신 안으로 내려가는 걸 피하는 수단이다.

"가자! 걷기, 짐, 사막, 권태, 분노".《지옥에서 보낸 한 철》의 이 시구는 아르튀르의 신조다. 삶은 나의 사막, 권태는 나의 고통, 걷기는 그 치유법, 분노는 그 자극제다. 이것이 도주하는 삶을 안긴다. 죽음을 향해, 말 틈으로, 모래밭을 가로질러, 태양 아래로, 다급히 뒤쫓는 그림자와 함께.

시와 여행은 시인을 어쩌면 보들레르가 묘사한(그리고 랭보가 읽은) 지고한 목적지로 데려갈 것이다. "새로운 것을 찾도록 미지 속으로".

열일곱 살의 시인은 1871년 드므니에게 보낸 편지에서 견자를 묘사하며 또 무슨 말을 했을까? "그가 어떤 영혼보다 이미 풍성한 자신의 영혼을 연마했기 때문입니다! 그는 미지에 도달합니다."

며칠 앞서 이장바르에게 보낸 그 유명한 문장에서는

또 뭐라 했던가? "문제는 모든 감각을 교란해 미지에 이르는 것입니다."

10년 뒤에도 미지에 대한 갈증은 채워지지 않는다. 하지만 표적은 이제 같지 않다. 오 계절이여! 오 표적이여! 축은 달라졌다. 랭보는 더는 언어를 탐험하길("하나의 언어를 찾기를"이라고 그는 썼었다) 바라지 않고 세상을 편력한다. 그는 언어도 만들고, 세상도 만들 것이다. 그는 결코 휴식을 알지 못할 것이다. 그렇지만 휴식을 갈망한다.

이제 미지는 말 밖에 자리한다. 인간은 언제나 어린 시절의 판화와 평면도로 돌아온다. 아무도 당신의 말에 귀 기울이지 않을 때 남는 건 땅이다. 오직 땅뿐이다.

삶의 끝에서 순환 사이클은 닫힌다. 그의 삶은 아르덴의 도랑을 따라가는 산책으로 시작되었고, 아라비아의 자갈길 위를 걷는 행보로 끝이 난다. 1885년 1월 그는 가족들에게 보낸 편지에 이렇게 쓴다. "어쨌든 내 기분이 덜 방랑하게 되었으리라고 기대하지는 마세요. 오히려 반대로, 일하거나 돈벌이를 하기 위해 어쩔 수 없이 머무는 일 없이 여행할 수단만 있었더라면 나는 같은 장소에 두 달이나 머물지 못했을 겁니다. 세상은 참으로 크고, 멋진 곳으로 가득해서 다 둘러보자면 천 사람의 삶으로도 충분하지 않을 테지요."

랭보의 삶은 도주다! 권태에서 새로움을 거쳐 미지로 이어지는 선이다. 먼저 "하나의 언어를 찾고", 세상을 탐험하는 삶이다.

1882년 9월, 그는 가족에게 이런 말을 한다. "나는 여전히 같은 곳에 있어요. 하지만 떠날 생각입니다."

왜 어떤 사람들은 끊임없이 먼바다를 향해 나아갈까? 자기 자신에게 붙들릴 위험을 무릅쓰지 않기 위해서다.

부단한 움직임이 주는 이점은 거울에 비친 자신의 모습을, 불면의 밤에 자신의 의식을 마주치지 않는다는 것이다.

왜 침묵했을까?

랭보의 불가사의는 불멸의 영예와 과작寡作에 있다. 양이 지배하는 세상에서 충격의 물결과 원천의 크기 사이의 이 불균형한 관계는 고결한 이례가 된다. 어떻게 그토록 적은 작품이 아방가르드의 사이클을 열 수 있었을까? 어떻게 한 줌의 시가 시의 사원을 뒤흔들 수 있었을까? 이 장사꾼의 세기에는 모든 것이 분량으로 계량된다. 랭보의 기적은 계산에서 벗어난다.

랭보는 사단을 몇 개나 거느렸을까? 교황보다는 적다![60] 그의 작품은 편지 몇 편을 덧붙인 두 권의 작은 시집에 담긴다. 헤라클레이토스 이후로 한 시인이 그토록 적은 무기로 성채를 뒤흔드는 걸 본 적이 있는가? 랭보를 위한 비문은 이것이다. 그는 그저 지나갔을 뿐

---

60 "교황은 군대는 몇 개 사단이나 거느렸나?"라고 물었던 스탈린의 물음에 토대를 둔 표현으로, 어느 국가나 인물의 중요도를 의심할 때 쓰는 표현이다.

인데 흔적이 남았다. 말라르메는 랭보를 "중대한 행인"이라고 불렀다.

아르튀르는 열 살에 글을 쓰기 시작한다. 열여섯 살에는 〈취한 배〉를 쓴다. 3년 동안 그가 쏘아 올린 불꽃이 폭발해 우리에게까지 이르렀다. 1875년 그는 마지막으로 베를렌을 만나 《일뤼미나시옹》 원고를 맡기고, 그 출간물은 끝내 보지 못한다. 그 후 그는 절필하고 침묵한다.

이후 그는 아프리카로 도주했고, 그의 새로운 삼위일체는 침묵·태양·권태가 된다. 랭보는 홍해 연안에서 밀매상을 한다. 시를 버리고 식료품 판매로 넘어간 것이다. 그의 전기작가들 가운데 가장 정중한 이들은 그걸 '모험'이라고 부를 것이다. 그는 영적 차원으로 들어선다. 완전한 노마디즘으로. 그는 하늘과 땅의 지옥을 겪지만, 어쩌면 내면의 지옥보다 덜 고통스러운지 모른다. 이제 그는 친구들에게, 통신원들에게, 동료들에게, 그리고 가족에게 편지를 쓴다. 때로는 그저 무기나 책 목록을 쓰기도 한다. 때로는 불평을 나열한다.

왜 그는 침묵했을까?

어쩌면 이해받지 못했기 때문일 것이다. 무관심에 굴욕당한 침묵을 맞세웠는지 모른다. 그의 출간 시도는 거의 모두 실패로 끝났다. 《지옥에서 보낸 한 철》은 1873년에 브뤼셀의 한 장인이 메르 부인의 후원을 받아 출간한다. 10월 22일, 그는 저자 증정본을 가져간다. 그뿐이다. 신문은 그의 시를 거의 단 한 편도 실어주지 않는다. 시인들은 그의 책을 받고, 때때로, 방빌이 그랬듯이, 냉담한 대답을 보냈다. 이장바르 선생과 시인 드므니는 아르튀르의 글의 영향력을 제대로 파악하지 못했다. 그는 파리에서 돌파를 시도했다. 그렇게 시인들을 홀렸지만, 그 매료는 지지로 바뀌지 않았다. 좌담회도 없었고, 발매도 없었고, 인정받지도 못했다. 그는 사람들에게 거슬렸다. 천재성은 두려움을 안겼다. 불손은 혐오를 낳았다. 오직 베를렌만이 1880년대 이후 방탕한 스캔들이 가라앉고 나자 영벌 받은 그의 영혼의 작품들을 발간해주었다.

어쩌면 그는 자신의 말에 귀 기울이지 않은 사람들 뒤로 문을 닫아버린 걸까? 필립 솔레르스는 말했다. "랭보가 떠나고 침묵한 건, 지난 세기말의 사람들에게 할 말이 아무것도 없었기 때문이다. 그들은 배경은 다르지만 20세기 말의 사람들과 똑같다(솔레르스는 1990년에 이 글을 썼다). '문학계'에는 당연히 할 말이 아무것도 없었고, 제3공화국에도, 우리까지 영속되는 성직자들에게도 할 말이 아무것도 없었던 것이다."(《무한에 대한 찬사》).

어쩌면 그는 자기 시들을 자체 연소될 운명인 그리스의 불처럼 여겼는지 모른다. 이 모험가는 베를렌이 "다이아몬드 문체"라고 불렀던 것을 "술통 헹군 물"처럼 하찮게 여겼다. 이 엄격함이 그가 묘비로 자신의 시를 봉인하는 걸 설명해줄까? 그는 《지옥에서 보낸 한 철》 말미에서 이렇게 말한다. "마침내, 나는 거짓을 품어온 데 대해 용서를 구한다. 그러니 가자."

"그러니 가자"는 다른 곳을 향한 노래이고, 침묵에 대한 예언이다….

어쩌면 우리는 꿈에, 말에, 전망에 희생된 삶에 넌더리가 나는지도 모른다. 몽롱한 허깨비 같은 삶. 몽환적 삶에 진력이 나서 현실을 붙잡는 것이다. 〈작별〉에서는 이런 고백이 터져나온다.

나! 모든 도덕에서 면제되고, 마술사나 천사를 자칭해온 나, 나는 찾아야 할 어떤 의무와 끌어안아야 할 혹독한 현실과 더불어 이 땅에 왔다! 농부로!

행동할 시간이 왔다. 말의 시간은 흘러갔다. 침묵을 위한 나이가 있다. 이를테면 가장 고귀한 시인들처럼. 어느 날 그들은 펜을 곡괭이와 바꾼다. 더는 추상으로 충분하지 않다. 시몬 베유는 공장에 들어가고, 톨스토이는 땅을 경작하고, 생텍쥐페리는 비행기를 조종한다. 셀린은 가난한 사람들을 돌보고, 페기는 총을 장전한다. 농부들! 모든 영혼은 어느 날 구덩이가 어떻게 생겼는지 알기 위해 올림포스산에서 내려온다. 모음들에 색을 입혔던 랭보는 이제 세상의 산문을 읽을 것이다.

미국 철학자 에머슨—자연("거친 현실")으로의 복귀의 챔피언—은 이렇게 쓴다. "이 문제들의 해결책은 책이 아니라 삶 속에 있다. 비극이나 시는 엇비슷한 근사치 대답이다.

랭보에게 근사치의 끝, 엇비슷함의 끝은 바로 행동이다! 영화 무대에서 감독은 외친다 "액션!", 그러곤 덧붙인다. "침묵!"

어쩌면 아르튀르는 자신의 중죄들을 청산하고 싶었던 걸까? 이것이 침묵에 대한 궁극적 설명이다. 영적 차원의 설명이다. 아르덴, 파리, 브뤼셀은 저주받은 지리를 그렸다. 아라비아의 태양은 중범죄들을 정화해줄 것이다. 육체적 순교는 사면을 보장해줄 것이다. 랭보는 고행자가 걸치는 거친 피륙의 무게를 늘리기 위해 침묵을 덧붙일 것이다. 그가 시를 거부하는 건 그것이 악의 언어이기 때문이다. 이런 능구렁이 같은 주장을 가톨릭 신심이 깊은 누이동생인 이자벨은 우리가 믿길 바랐다. 어쩌면 그것이 사실일지도 모른다. 신부들은 그걸 바라고, 자유사상가들은 그걸 부인한다.

이렇듯 랭보의 침묵에 대한 가설들, 다양하고, 수도 많고, 쓸모없는 가설들이 이어진다. 모든 것은 침묵으로 말해진다. 랭보의 경우 말의 격정은 결국 내리쬐는 태양과 극심한 멸시의 공허가 되고 만다. 침묵 후에 그의 시는 세상처럼 확장된다. 음악에서 다카포는 멜로디의 메아리다. 그 메아리 안에서 음은 지속된다. 랭보의 침묵은 반향한다. 그것은 우리를 매료하고, 우리를 수다스럽게 만든다. 우리는 그것을 더럽힌다. 참으로 소란스럽게도!

그것은 우리가 시인이 아니기 때문이다!

쉿!

달아날 것, 저 아래로 달아날 것!

이 땅에서 어디에 자리를 잡을지 아는 것이 인간의 문제다. 우리가 그 대답을 찾으면 불가사의는 일부 해소된다. 말로써, 들판을 쏘다님으로써 랭보는 자신의 그림자에 우호적인 태양을 찾는다.

아프리카 농가의 처마 밑에서 블릭센 부인[61]은 말했다. "나는 있어야 할 곳에 있었다." 랭보는 이런 유형의 글은 결단코 쓰지 않을 것이다. 샤를루아 호텔의 방랑자이자 아비시니아의 방랑자인 그가 남작부인처럼 우아하게 자신의 행운에 흡족해하는 모습을 볼 수 있겠나? "바람구두를 신은 사나이"는 자신에게 움직일 것을 선고했다.

그는 승선 질병인 방랑벽에 걸렸다. 삶의 방랑자들

---

[61] 영화 〈아웃 오브 아프리카〉의 여주인공.

은 길을 떠남으로써, 그렇게 치료제로 병을 파고듦으로써 발병을 가라앉히려 애쓴다.

방랑벽에 걸리면 죽거나(랭보처럼) 바보가 된다. 나는 그것이 어떤 건지 걸려봐서 안다.

1875년 3월, 아르튀르는 베를렌을 마지막으로 만난 뒤 헤어지고 단절한다. 시적 간질병이 가라앉는다. 그는 더는 "하나의 언어를 찾으려고" 시도하지 않을 것이다. 앞으로는 일자리와 장소를 찾을 것이다. "장소와 공식"은 견자의 탐색이었다. "자리와 저축"이 새로운 십자군이 된다.

떠도는 여행의 세월이 시작된다. 랭보는 4년 동안 땅과 바다 위를 헤맨다. 꿈꾼다. 떠난다. 좌초한다. 다시 떠난다. 이것이 그의 솔페지오가 된다. 그에겐 케루악의 비트족이 지닌 쿨한 매력도, 잭 런던의 주인공들이 띤 생기도 없다. 〈취한 배〉는 말했다. "강들은 내가 원하는 곳으로 흘러가게 내버려두었다." 하지만 랭보, 그대는 어디로 가고 싶은지 알았는가?

"달아날 것! 저 아래로 달아날 것!", 하고 말라르메는 1893년에 단호히 말한다.

랭보는 문자 그대로 말라르메를 택했다. 그것도 때가 되기도 전에.

랭보의 "저 아래"는 어디였을까?

아르덴? 가족의 여행가방 속에는 나프탈렌만 그득했다.

파리? 그곳엔 스스로 시인이라 여기는 부르주아들이 득실거렸다.

런던? 베를렌 없는 그곳은 버베나 차처럼 밍밍했다.

그는 더 멀리 나아간다. 무역 분야에 진출을 시도하고, 공사장 일자리나 군대에도 지원해보았지만 실패한다. 그는 독일로, 이탈리아로, 이집트로, 자바로, 그리고 키프로스로 떠난다. 아! 그의 여행은 발레리 라르보[62]의 것처럼 방과 욕실과 맹그로브 나무 아래에서 맞이하는 포근한 저녁을 갖춘 다정한 체류가 아니다. 여행은 경찰서나 병원에서 끝이 난다. 여행자 랭보는 어지럽히는 아르튀르다. 그는 절대 목표에 도달하지 못한다. 언제나 목표를 넘어서기 때문이다. 그는 거리가 불행을

---

62 Valery Larbaud(1881~1957). 프랑스 소설가, 시인, 번역가. 유복한 집안에 태어나 호화 여객선을 타고 유럽을 유랑하는 댄디의 삶을 살았다.

해결해주리라 믿는다. 치명적인 오류다! 떠난다고 자신을 치유할 수 있는 건 아니다! 바람 구두를 신으려는 청소년 동지여, 조심하라! 아르튀르를 기억하라. 여행하는 건 삶의 고통을 뿌려버리겠다고 생각하면서 그 고통을 데리고 다니는 일이다.

1880년에 그는 마침내 아덴에 도착해서 그의 생애 마지막 10년을 결정짓게 될 계약을 체결한다. 그렇게 마제란, 비안네, 바르데라는 수출입 회사의 도매상인이 된다. 이후로 그는 총과 탄환을 판다. 〈모음들〉의 'I' 같은(그에게는 옛날이야기인) 홍해 연안의 아비시니아 심장부, 하라르에서 바르데지부의 통신원이 된다. 더 나중에는 메넬리크 황제에게 무기를 팔기도 한다.

아프리카인 랭보는 권태의 긴 항해를 시작한다. 모든 걸 체험하길 바랐던 그는 모든 걸 포기한다. 그는 상업에, 다시 말해 무無 속에서 날들을 헤아리는 회계에 몰두한다. 대상隊商과 함께, 흘러가지 않는 비참한 삶을 산다. 그는 시간의 희석에, 공간의 부정에 자신의 유일한 무기를 맞세운다. 바로 체념이다. 지옥에서 보내는 계절은 이제야말로 진짜 시작된다.

우리와 먼, 아프리카에서

가족과 무역 대리인들과 주고받는 서신이 랭보의 자서전을 그린다. 요컨대 생텍쥐페리의 비행기 이전의 남방 우편이다. 편지를 실은 대상隊商은 몇 주에 걸쳐 바다를 건넌다. 때때로 답장은 6개월 후에 도착한다. 이런 통신은 고된 노역이다. 늘 시기가 맞지 않고, 똑같은 탄식으로 전율한다. 삶은 잔혹하고, 하라르는 허망하며, 인간은 상스럽고, 노동은 고통이며, 권태는 끈질기다. 한 가지 출구밖에 없다. 받아들이는 것. "연금 생활자"가 되길 바랐고, "절대적으로 현대적"이고 싶어 했던 견자는 환상에서 깨어난다. 취한 배는 취기에서 깬다. 여행에서 받은 인상 가운데 첫째는 실망이다!

아프리카에서 보낸 편지들에서는 한탄, 기술적 고찰, 물자 요구, 책 주문 가운데 하나의 섬광이 때때로 번득인다. 한마디 말이나 어떤 행복이―1881년 5월 가족에게 보낸 편지 속 이 문장처럼. "곧 이 도시를 떠나 미지 속으로 무역을 하러 갈 생각입니다."

미지! 마침내! 그는 그 문턱에 와 있다. 그곳에 도달할까?

그것으로 그는 행복할까? 행복은 랭보의 문제가 아니다.

1871년, 랭보는 드므니에게 시인에 대한 자신의 정의를 보냈다. "시인은 그 어떤 영혼보다 이미 풍성한 자신의 영혼을 연마했기 때문입니다! 그는 미지에 도달합니다." 장소와 공식. 미지! 말과 공간의 미지!

홍해의 모래사장에 좌초한 시인은 완전히 죽지 않았다. 아프리카 편지들은 시에 속하지는 않지만 단순한 서신 이상을 표상한다. 그것은 괴기스러울 정도로 단조로운 강박적인 접목, 한때 별똥별이었던 사실에 망연자실한 한 인간, 편지를 쓰며 점점 제 무덤을 파나가는 인간이 남긴, 삶의 그늘 속 체류의 기록이다.

바람 구두를 신은 남자는 침울한 기사騎士가 되었다. "끝없이 탄식하는 나를 새 예레미아로 여기겠군요. 그렇지만 제 상황은 정말이지 유쾌하지 않아요", 1887년

10월 그는 이렇게 가족에게 편지를 쓴다. 통찰력은 유독한 재능이다. 그것은 행복을 가로막는다.

권태는 삶의 종양이다. 우리는 그걸 알기에, 거기서 벗어나려는 시도들로 우리의 가련한 삶에 향신료를 뿌린다. "어디라도! 어디라도!", 라고 보들레르는 애원했다. "달아날 것! 저 아래로 달아날 것!", 이라고 말라르메는 제안했다. 스탕달에게 권태는 적이었다. 그는 움직임으로, 유쾌함으로, 정중한 예절로, 가벼움으로 권태를 피해 달아났다. 열정에 휩싸인 날들엔 속으로 되뇌었다. "얼른! 이탈리아 호수로! 전장터로! 침실로!"

랭보가 아프리카에서 보낸 10년은 스탕달 같지 않다. 매혹도 없고, 모험도 없고, 사랑도 없었다. 해머 같은 태양만 모루 같은 랭보의 머리 위에 떠있었다.

그 공허한 시간의 박동과도 같은 편지는 정기적으로 푸념처럼 이어졌다. 그는 1881년 7월 가족에게 이렇게 쓴다. "이곳에서 내가 하는 일을 생각만 해도 벌써 끔찍한데 어떻게 얘기하겠어요. 그리고 내가 혐오하는 이 나라에 대해서도 뭘 얘기하겠어요." 10년 뒤인 1890년 2월, 똑같은 편지를 똑같은 가족에게 쓴다. "여기서 무슨 얘기를 쓰겠어요? 권태롭고 따분하고, 이곳에선 멍청해지기만 합니다. 지긋지긋하지만 끝낼 수가 없어요!"

그러는 동안 그림자들만 빙빙 돌리는 태양 아래 완결되는 건 아무것도 없다. 랭보는 무기와 상아를, 물품을 판다. 그리고 저축한다. 그는 저축한 돈을 가지고 프랑스로 돌아간다. 그러나 그 돈을 향유하지 못한다. 그러기엔 너무 늦었다! 평온한 삶, 평화, 휴식. 그것이 랭보의 '미지'다. 그는 그것에 이르지 못한다.

권태가 모든 걸 지배한다. 공기가 권태다. 빛이 권태다. 랭보는 철학자가 된다. 시인이 철학자가 되는 건 드문 일이다. 철학은 반反-음악적인 무엇이기 때문이다. 가족에게 보낸 편지에 이런 말도 있다. "이 삶이 한 번뿐이고, 이것이 명백한 사실인 건 참으로 다행한 일입니다. 이 삶보다 더 권태로운 다른 삶을 상상할 수 없으니까요!"

랭보는 모험을 꿈꾸지만 떠나지 않고, 진력나는 대상隊商들을 조직하고, 자기 계획을 땅에 묻고, 자신의 실패들을 차곡차곡 쌓고, 몇 달씩 기다리고, 10년 전

아르덴에서 친구들에게 했듯이 책을 요구한다. 책을!
다시 말해 숨 쉴 공기를!

이번에는 보들레르(1871년에 드므니에게 썼듯이 "시인들의
왕, 진짜 신")의 책을 요구하지 않는다. 그는 전문서 목록
을 만든다. '나'는 참으로 '타자'여서 그는 이제 자신을
"식민지 개척자-기술자, 정비사, 작업반장"으로 꿈꾼
다. 그는 가족들에게 샤를루아의 책방들로 달려가 "무
두질 교범, 수레 제조 교범, 완벽한 열쇠공, 유리 제조,
벽돌 제조, 도자기 제조 등등에 관한 책"을 급히 보내
달라고 청한다. 1881년에는 친구 들라에에게 보리스
비앙[63]이 쓴 〈크리스마스 주문〉처럼 보이는 목록을 보
낸다. 측지기 하나, 아네로이드 기압계 하나, 측량사의
먹줄 하나, 좋은 육분의 하나, 수평계 달린 정찰용 나침
반 하나.

무절제에 이르길 바랐던 그는 이제 세상을 측정할
야심을 품는다.

권태에서 벗어나길 바라는 건 얼마나 권태로운 일

---

63 Boris Vian(1920~1959), 작가, 시인, 작사가, 가수, 음악평론가, 트럼펫 연주자.
서로 전혀 연관 없는 것들을 나열한 목록을 지어낸 것으로 유명하다.

인가!

　권태가 있다. 그것은 심장의 통증이다. 육체적 통증이 있다. 그것은 죽음의 대사大使다.

　랭보는 수줍어하는 유형이 아니다. 그는 가족들에게 아무것도 감추지 않아서, 1885년 가족들에게 "이런 지옥에서" "더없이 고약한 궁핍"에 내몰린 채, "절망스러운 지역들"을 다니며 자신이 무엇을 하고 있는지 알지 못한다고 말한다. 반복되는 한탄은 10년 동안 환각에 사로잡힌 후렴구처럼 점점 커진다.

　그 슬픈 노래는 1891년 6월 누이동생 이자벨에게 던진 이 물음으로 절정에 이른다. "대체 우리는 왜 존재할까?" 1891년 4월, 그는 어머니에게 이렇게 쓴다. "딱하게도! 우리의 삶은 참으로 비참합니다!"

　랭보의 행보는 속죄를 닮았다. 아프리카는? 고행자의 거친 피륙이다.

고통의 암

1891년 4월 어느 날, 그가 "사랑하는 엄마"에게 썼듯이, 그의 "오른쪽 무릎의 부종"과 "관절의 통증"은 종말의 시작을 알린다. 하라르에서 아덴까지 "천으로 덮은 들것"에 누워 12일 동안 이동해 돌아온 사정을 어머니에게 쓴 이야기는 순교의 기록이다. 그는 자신이 직접 그려서 만들게 한 탈것에 누워 "열여섯 명의 흑인"들에게 들려 이동하면서 자신이 죽음의 선고를 받았음을 아직 알지 못한다.

통증은 권태와 같다. 설치류다. 그것은 갉아먹는다.

그는 통증이 "하라르까지 걷고 말을 타고 이동하느라 피로했던 탓이라고" 생각한다. 권태는 이미 그를 잡아먹었다. 이제는 종양이 그를 집어삼킨다.

그는 겨우 프랑스로 돌아와 가족들을 재회하고 깨끗한 시트에 누워 죽을 시간밖에 갖지 못한다. 골육종암이 1891년 11월 10일, 서른일곱 살의 그를 데려간다.

우편으로 꼼꼼하게 보관된 아프리카 일화는 노동의 10년으로 요약되고, 1891년 마르세유에서 어머니에게 보낸 이 결산에 이른다. "나는 어찌 이리도 불행할까요!"

모든 편지가 못처럼 울린다. 왜 그토록 자학할까? 25년 후 아라비아의 로렌스 대령처럼 아르튀르에게도 마조히즘의 기질이 있었던 걸까?

모험심을 품은 청소년들은 제1차 세계대전 동안 격분한 아랍인들을 일으켜 시리아에서 오스만군을 일소하기 위해 파이살 왕을 다마스까지 인도한 영국 첩보원의 모험을 기억한다. 로렌스는 랭보처럼 자기 영혼의 독단성의 대가를 몸으로 지불한다. 그는 타는 듯한 살갗에 채찍질을 가한다. 그는 몸을 독하게 복종시킨다. 창백해지도록 피를 흘린다.

로렌스도 랭보도 고통에서 벗어나려 애쓰지 않았다. 둘은 고통을 멸시하면서 그 고통의 기록은 꼼꼼히 간직한다.

서로 열광은 달랐어도 두 사람 모두 두 개의 고독 속에 침잠했다. 로렌스는 지도자의 고독에, 아르튀르는 영벌 받은 자의 고독에. 단 한 가지 다른 점은 랭보는 스스로 저주받았다고 믿었고, 로렌스는 선택받았다고 믿었다는 것이다.

랭보는 실패하고, 로렌스는 성공한다. 랭보는 아덴에 끈끈이 들러붙고, 로렌스는 다마스를 해방한다.

그러나 너무 꿈꾸지는 말자! 그들의 유령은 사라졌으니, 《지혜의 일곱 기둥》[64]이나 《서간집》[65]을 팔에 끼고 예멘을 여행한들 그들의 유령이 돌아오진 않을 것이다!

그들은 잃어버린 궤도들을 끌어냈다. 우리는 그들의 자취를 따라 떠난다. 바람을 좇아 달린다.

어느 날, 아덴에서 나는 웬 항해사가 범선을 타고 도착하는 걸 보았다. 그의 배는 프랑스 국기를 달고 있었다. 그가 항구 부두에 내렸을 때 나는 물었다. "무엇 때문에 오신 겁니까? 랭보 때문에? 로렌스 때문에? 아니면 몽프레드[66] 때문에?" 그는 대답했다. "경유 때문에

---

64 토머스 에드워드 로렌스의 자전적 이야기.
65 아르튀르 랭보의 서간집.
66 Henry de Monfreid(1879~1974), 프랑스의 모험가이자 작가.

왔지요." 랭보식 대답이었다. 적어도 그는 랭보가 시인이지, 패키지 여행업자가 아니라는 걸 알았다. 시인들의 기억은 그들 시 속에 살아 있다.

위고는 건지섬에 존재하는 게 아니라 《관조》 속에 존재한다.

랭보는 발길 닿는 대로 여행하는 무전여행 코스의 이름이 아니다.

고통은 랭보의 진짜 연인이었다. 그는 아프리카에서 자신의 몸을 발깔개처럼 다룬다. 그가 파리의 시인이자 베를렌의 연인이었을 때는 자기 몸을 좀 더 곱게 대했을까? 대개 그는 자신에게 더 최악의 고통을 가했다. 그는 가난한 괴물을 사랑했고, 그의 시에는 육체적 고문이 스며들어 있다. 마치 시에 신경의 노래가 더해지는 듯하다.

어느 날 저녁, 너는 나를 시인으로 추대했다,

추한 금발 새끼.

이리로 내려와, 내가 후려쳐줄 테니.

〈나의 귀여운 연인들〉

〈고문당하는 마음〉의 통음난무의 기억을 닮은 이 섬광에 대해서는 뭐라 말해야 할까.

> 그들에게 씹는 담배가 끊기면.
>
> 내 위가 펄쩍 뛰리라
>
> 내 슬픈 마음이 삼켜진다면.
>
> 그들에게 씹는 담배가 끊기면,
>
> 오, 도둑맞은 마음이여, 어찌하려나?

아르덴에서 아덴까지, 랭보는 고통과 더불어 길을 걷는다. 고통은 밤을 요구하며 절대 얌전한 적이 없었다. 어쩌면 그것은 모든 감각을 교란한 결과인지도 모른다. 질서를 전복하길 바란 이가 무사히 빠져나올 수는 없는 법이다. 랭보는 추락에서 즐거움을 맛보았을까? 랭보의 모닥불에 (멀리서) 불을 쬐기를 좋아하는 우리는 의문을 품는다. 아르튀르, 너는 고통을 어떻게 했나? 고통을 좋아했나? 아니면 피하려 애썼나?

고통 없이 쓰인 시는 뭘까? 유행가다.

숙명주의는 휴머니즘이다

일부 산악인들은 묘하게도 육체적 고통을 받아들인다. 그들을 보면 나는 랭보가 떠오른다. 오, 물론, 그들 중 누구도 〈골짜기에 잠든 자〉를 쓰지 않았지만, 그들은 산꼭대기에 오르고, 공허 가장자리를 살고, 희열을 느끼며 자신의 몸을 학대한다. 나는 그들이 얼어붙은 밤에 망가진 몸으로 돌아오는 걸 본다.

랭보는 1882년 가족에게 이렇게 쓴다. "딱하게도 나는 삶에 조금도 애착이 없어요. 내가 사는 건 피곤하게 사는 데 길이 들어서입니다." 암벽 위에서, 브뤼셀의 싸구려 술집에서, 아비시니아의 태양 아래에서 자신을 학대하는 것이야말로 위대해지는 가장 확실한 방법이다. 나는 고통받는다, 고로 존재한다, 라고 자신을 매질하는 자는 말한다.

하라르의 편지들은 온 지구가 자신을 "돌보라"고 촉

구하는 2020년과 2021년에도 묘한 울림을 준다.

어떤 정부도 랭보의 권고대로 "물결 위에서 춤추라" 거나 "시 속에" 잠기라고 격려하지 않는다. 국가들은 말한다. "집에 머무세요." 코비드가 온 지구를 휩쓸던 시기에 나는 베르코르 숲의 관리소에서 이런 권고까지 보았다. "당신의 계획을 바꾸세요."

완전한 숙명주의가 랭보의 마지막 시적 경험이었다. 그는 아프리카의 자갈길에, 출간 모험의 실패에 무장하지 않은 자들의 로켓포인 체념을 맞세운다. 랭보는 언제나 자신의 저주로 직관에 양분을 댔다. 아프리카에서, 동업자들이나 어머니에게, 친구 들라에나 바르데에게 보낸 편지에는 끊임없이 자신의 영벌에 대한 확신이 언급된다. "내가 행복하기 위해 이곳에 온 것이 아닌 게 분명합니다." 또 한 번은, "나는 아직 더 오래 살도록 선고받았어요", 라고 1884년 5월에 가족에게 쓴다. 다른 곳에서는 이렇게 또 말한다. "하지만 이제 나는 방황하도록 선고받았어요."

선고는 누구에게서 떨어졌을까? 아무도 알지 못한다.

하지만 그에게 거울이 하나 있었다면, 그는 신의 있

는 인간으로서 자랑스레 자신을 비춰 볼 수 있었을 것이다. 그가 당당하게 포즈를 잡은—머리를 빡빡 민 채 운동선수처럼 선—사진들이 그걸 증명해 보인다. 그는 자기 자신을 부끄러워하지 않는다. 1884년 10월 7일, 그는 가족에게 이렇게 세세히 말한다. "나는 한 번도 사람들의 신세를 지고 살지 않았고, 나쁜 짓을 해서 살려고도 하지 않았습니다." 그렇다면 아르튀르, 대체 스스로 저주받았다고 믿는 건 어째서이지? "내가 행복하기 위해 이 세상에 온 것이 아닌 게 분명합니다…."

누가 삶의 법정에서 네게 유죄선고를 내렸단 말인가? 하늘? 인간들? 너의 어머니? 어쩌면 너 자신, 아니면 타인들이 알아듣지 못하는 그 언어를 말하는 네 안의 무엇?

포기의 지리

예술가는 자신을 고치지 않는다. 그는 결국 자신의 체념을 삶의 계획으로 바꾼다. 탄식하다가 그는 포기의 철학을 보여주는 글을 내놓는다.

"회교도들처럼 나는 일어날 일은 일어나며, 그뿐이라는 걸 안다", 라고 랭보는 1883년 5월에 쓴다. 메크툽[67] 랭보! 숙명의 챔피언 랭보! 하지만 운명에 대한 그의 복종은 니체의 '아모르 파티'와 닮지 않았다. 랭보는 견디지만 춤추지 않는다. 그는 줄타기 곡예를 하지 않는다! 그는 암초에 좌초하고도 거기서 버틸 것이다. "여기서 밥벌이를 하는 이상, 모든 인간은 이 가련한 운명의 노예이기에, 아덴에서건 다른 어디에서건….."(1884년 9월, 가족에게 보낸 편지).

---

[67] 아랍어로 신이 정해둔 인간의 '운명'을 뜻한다.

이 무슨 포기이고, 이 무슨 돌변일까! 아프리카는 랭보에게 그의 열망의 뒤집힌 그림자를 제공한다. 그는 결코 일하고 싶지 않았는데, 오락거리 없는 왕들에게 총을 팔러 가기 위해 대상隊商을 꾸려야 할 운명에 놓인다.

10년 동안 그는 무역을 하며, 미지를 밀거래하는 대신, 무기밀매를 하며 분투한다. 시를 위한 자리는 없다. 자기 자신을 위한 자리도 많지 않다. "내게는 생각할 사람이 아무도 없어요. 아무것도 요구하지 않는 나 자신 말고는."(1881년 11월, 가족에게 보낸 편지).

모든 걸 알고 싶어 하던 식인귀는 잠잠해졌고, 취한 배는 고행자가 되었다. 감각들을 교란하려던 자가 지리학 협회를 위해 논문을 쓰고 싶어 하고, 낡은 지식을 폭파하려던 자가 지질학을 배우고 싶어 하고, 연금생활자를 갈망하던 자가 죽도록 일한다.

이 변신은 어머니에게 보낸 이 말로 마무리된다. 체념의 철학에 대미를 장식하는 이 표현은 시편처럼 아름답고, 공허처럼 무시무시하며, 태양처럼 압도한다. 10년 방황의 총합이다. "우리가 존재하는 한 비관적으로 생각할 필요는 없습니다." 사랑을 재발명하길 바랐던 그는 모든 판돈을 걸음에 걸 준비가 되었다.

랭보는 왕이 되고 싶었으나 제 운명의 하인이 된 인간이다.

그 사이, 그가 상상도 하지 못한 가운데, 신화가 생겨난다. 베를렌은 옛 친구의 글을 출간하려고 애쓴다. 시인들은 그의 난해한 작품에 주석을 단다. 북쪽으로 수천 킬로미터 떨어진 곳에서 펠릭스 페네옹은 《르 생 볼리스트》에 《일뤼미나시옹》에 대한 서평을 싣는다. "모든 문학 밖에, 그리고 아마도 모든 문학 위에 자리한 작품이다".

바로 그 순간 랭보는 장부를 정리하고, 소매상인들의 뒤를 쫓아, 노새 등에 상자를 싣는다.

이 땅에서 제 동료들의 기억에 자신이 남기고 있던 흔적을 이토록 알지 못한 사람은 결코 없었다.

포석 위 달팽이들처럼 기를 쓰고 흔적을 남기려는 우리 같은 세속적인 익살꾼들에게는 이 얼마나 큰 교훈인가. 랭보는 지리 속에 녹아들길 바랐다. 주소조차 남기지 않고.

그는 자신이 되길 거부했다. 자신이 타자가 되고 있다는 걸 알지 못한 채. 인간이란 그렇다. 그는 있는 그대로의 그이고, 사람들이 생각하는 모습의 그이며, 타자들이 만드는 모습의 그이다. 아, 아니다, 참으로 전기는 정확한 학문이 아니다!

나는 어쩌면 타자다. 하지만 사람들이 생각하는 타자는 아니다!

살아야겠다

고통과 권태와 감수의 형태로 이어진 실패의 10년은 그를 마르세유의 병원 침상으로 인도한다. 1891년 봄, 아덴에서 한 의사는 랭보의 무릎에서 암을 발견한다. 랭보는 배를 타고 5월 20일에 프랑스로 돌아온다. 그리고 마르세유의 콩셉시옹 병원에 입원한다. 콩셉시옹은 깨끗한 시트 속에서 죽기 위한 하나의 이름이다. 그는 몇 주 동안 고통을 겪은 뒤 그곳에서 죽는다. 그의 누이동생 이자벨이 머리맡을 지킨다.

랭보를 아프리카 챔피언으로 만든 숙명주의는 제 결말을 안다. 아르튀르는 삶을 누릴 때 삶을 멸시하기란 쉬운 일이라는 걸 깨닫는다.

어느 날, 그림자들이 무거워지고, 문득 날들의 가치가 달라진다!

우리는 살날이 얼마 남지 않았다는 걸 깨닫지만ー너

무 늦었다!

미클로스 반피[68]는 벨 에포크 시대의 유럽의 경망스러움을 그린 3부작을 썼고, 1914년에 자살했다. 그 제목은 랭보의 삶을 닮았다. 〈당신의 살날은 얼마 남지 않았다〉, 〈당신은 너무 가벼웠다〉, 〈바람이 당신을 실어가길〉.

랭보는 1891년 7월 누이동생 이자벨에게 이렇게 쓴다. "인간의 삶은 참으로 어리석어서 언제나 실패하고 말지."

그리고 조금 더 뒤에서 이런 두려움을 확인한다. "산, 기마행렬, 산책, 사막, 강, 바다를 가로지르며 내달리던 시절은 어디 있지? 이제는 앉은뱅이 신세가 되고 말았어!"

그렇다, 아르튀르, 넌 네가 매달리지 않던 그 삶을, 외과의사의 톱이 네 다리를 절단하고 난 뒤에야 아쉬워한다! 제아무리 활활 타오르는 시인일지라도 삶의 평범한 축복을 제때 보지는 못한다. 우리를 빛 가운데

---

68 Miklós Bánffy(1873~1950), 헝가리 정치인이자 작가로 헝가리 귀족의 몰락을 그린 《트란실바니아 3부작》을 썼다.

붙들어두는 그 충분하고 지고한 기적을 소홀히 하는 우리는 얼마나 분별없는가. 우리는 참으로 미치도록 가볍다.

울적한 날 저녁에는, 서서 걸을 수 있다는 게 얼마나 행복한 것인지를 알지 못했던 랭보를 생각하라는 우정 어린 조언을 당신들에게 전하고 싶다. 그렇다, 아르튀르여, 너는 위고의 《관조》를 아덴으로 가져갔어야 했다. 관조는 존재했다. 네가 진지하지 않았을 때, 네가 열일곱 살에 조금 조롱했던―네가 "너무 고집쟁이"라고 여겼던―흰 수염의 늙은 천재는 너보다 앞서 그걸 이해했다. 삶은 끔찍하고 흘러가는데, 우리는 그것이 긴 줄 안다. 그러다 어느 날 삶을 더 사랑하지 못한 걸 후회하게 된다.

위고는 말했다.

모든 건 오고 가고, 우리는 애도하고 잔치를 벌인다.
우리는 오고, 가고, 분투한다….
그러다, 넓고 깊은 죽음의 침묵이 온다!

너는 빨리 가기를 택했다. 너는 운석처럼 살았다. 너의 유일한 봄날 아침을 그렇게 가볍게 보내지 말았어야 했다! 이제 곧 죽게 된 너는 동생에게 이렇게 쓴다. "난 땅속으로 갈 테고, 넌 햇빛 속을 걷겠지!"(1891년 10월 4일, 이자벨이 어머니에게 보낸 편지).

아르튀르여, 지옥은 제 계절을 흘려보내는 것이다.

우리가 그걸 이해했을 때 오는 것이 일뤼미나시옹이다.

그러면 삶은 웃으며 말한다. "너무 늦었어."

랭보의 길

모두가 잠든 이른 새벽에 조용히 일어나 소리 없이 집을 나서는 열다섯 살의 소년을 상상해본다. 때는 1870년 8월의 어느 날이고, 소년이 사는 곳은 프랑스의 북동쪽, 습해서 안개가 잦고 단조롭고 음울한 도시 샤를빌-메지에르다. 책 읽기를 좋아해서 읽을거리가 없으면 권태로워했고, 끝없는 산책과 모험과 유랑을 꿈꾸던 소년의 첫 가출이다. 소년은 한참을 걷고 나서 기차를 탔다. 파리행 기차였고, 무임승차였다. 학교에서 상으로 받은 책 몇 권을 팔아 여비를 마련했지만 충분치 않았다. 소년은 파리에 도착하자마자 검표원에 걸려 유치장에 갇혔다. 학교 선생님이 달려와 기차요금을 지불해준 덕에 풀려났다. 그러나 두 달이 채 지나지 않아, 소년은 다른 책들을 팔아 또다시 길로 나섰다. 벨기에의 샤를루아로 가서 그곳 신문사에 편집자 일자리를 부탁했으나 거절당했다. 그러자 50킬로미터쯤 떨어진 브뤼셀까지 빈털터리로 걸어갔다. 그렇다. 이 소년은 시인 아르튀르 랭보이고, 그가 걸은 걸음은 곧 시가 되었다.

이듬해 8월, 랭보는 시인 폴 베를렌에게 편지를 쓰면서 시 몇 편을 동봉했다. "저는 위대한 시를 쓸 계획입니다만, 샤를빌에서는 작업을 할 수가 없습니다. 여비가 없어서 파리로 가지 못하고 있습니다." 얼마 후 베를렌의 답장이 도착했다. "이렇게 독창적인 시를 본 적이 없다…. 위대한 영혼이여, 어서 오라. 우리는 당신을 원하고, 당신을 기다린다!" 랭보는 베를렌이 보내온 여비를 들고 다시 떠났다. 짐도 없이, 〈취한 배〉 시 한 편만 들고서.

드디어 시인들의 도시 파리에 입성한 시골 소년 랭보는 내로라하는 시인들이 모인 자리에서 〈취한 배〉를 낭송했다. 100행의 긴 운문, 파도에 휩쓸리는 배의 움직임에 따라 춤추는 파격적인 운율, 기이한 조어와 낯선 시어, 도발적인 시각. 닻줄 풀린 채 사공 없이 격랑에 휩쓸리는 배는 모든 속박을 벗고 자유로이 모험하는 시인의 은유로 읽혔다. 박수갈채가 터져 나왔다. 베를렌은 이 시를 랭보의 최고 작품으로 꼽았고, 말라르메는 거기서 랭보의 천재성을 알아보았다. 프랑스 시 역사에 한 획을 긋는 시였다.

이후 베를렌과 랭보는 신화적인 단짝이 되었다. 두 사람은 3년 가까이 함께 유럽 곳곳을 떠돌며 떠들썩한 파문을 일으켰다. 그러다 아내에게 이혼 요구를 받고 술에 취한 베를렌은 랭보가 그의 곁을 떠나겠다고 하자 총을 쏘았다. 총 한 발이 랭보의 왼손에 맞으면서 베를렌은 체포되어 2년의 징역형을 선고받고 투옥되었다. 고향으로 돌아간 랭보는 광기에 사로잡힌 듯 시를 토해냈다. 그렇게 탄생한 《지옥에서 보낸 한 철》은 1873년에 출간되었다. 그러나 베를렌과의 추문으로 낙인찍힌 랭보에게 더는 아무도 관심을 기울이지 않았다. 그의 시집은 철저히 외면당했다. 1875년, 출소한 베를렌을 만난 랭보는 《일뤼미나시옹》의 원고를 필사본도 없이 넘겼다. 그것이 그가 남긴 마지막 작품이었다. 그리고 그는 다시 길에 나섰다. 이탈리아·바이에른·오스트리아·인도네시아·스코틀랜드·아일랜드.. 여기저기서 그를 보았다는 소문이 돌았다. 문학을 등진 그는 노동자로, 용병으로, 상인으로 살았다. 그의 발걸음은 점점 더 남쪽으로, 아라비아로, 아프리카로 향했다. 예멘의 아덴에서 상인으로 일하다가, 아비시니아(지금의 에티오피아)의 하라르에 정착해서 커피와 가죽, 상아를 거래하고, 무기 거래까지 시도했다가 파산지경에 내몰리기도 했다. 그가 혹독한 기후를 견디며 전쟁과 약탈이 횡행하는 곳에서 낙타 대상을 이끌고 사막을 횡단하는 사이, 파리에서는 그의 신화가 생겨나고 있었다.

1891년 2월, 그는 오른쪽 다리에서 극심한 통증을 느꼈다. 무릎 주위가 공처럼 부어오르고 통증이 심해 절뚝이며 걸어야 했다. 7월, 모든 걸 버리고 의사를 만나 보기로 결심한 그는 직접 그림을 그려 만들게 한 들것에 실려 11일 동안 300킬로미터가 넘는 고된 이동을 강행했다. 환부를 본 의사는 즉각 유럽으로 가라고 말했다. 그는 배에 올랐고, 다시 긴 항해 끝에 1891년 5월 20일, 해골 같은 몰골로 마르세유에 내렸다. 그리고 곧장 병원에 입원했다. 의사는 골육종암이라는 진단을 내렸고,

바로 그의 오른쪽 다리를 절단했다. 11년 만에 유럽 땅으로 돌아온 그를 기다리는 건 죽음뿐이었다. 돌아온 지 6개월 만에 그는 서른일곱의 나이로 세상을 떠났다.

살아서는 독자를 거의 만나지 못한 불우한 시인 랭보는 죽고서 신화로 남았다. 그가 시를 쓴 건 열다섯에서 열아홉 살까지, 불과 4년 남짓, 꼼꼼히 헤아린 이는 42개월이라고 말한다. 이렇게 그가 젊디젊은 나이에 쓴 "더없이 고유한" 시들은 한 세기 반이 흐르는 동안 수많은 이들의 해설과 논문의 소재가 되었고, 숱한 이들에게 영감을 주었으며, 지금까지도 여전히 즐겨 암송되고 있다. 문학의 거장들은 저마다 랭보에게 오마주를 표했다. 베를렌은 그를 "바람구두를 신은 사내"라고 불렀고, 앙드레 브르통은 "젊은이의 신"이라 했고, 알베르 카뮈는 "가장 위대한 반항 시인"이라 평했으며, 자크 리비에르는 "랭보가 이 땅에 다녀간 건 인류가 겪은 가장 놀라운 모험 중 하나"라고 극찬했다. 랭보의 시집 《일뤼미나시옹》에 대해 평론가 펠릭스 페네옹은 "모든 문학 밖에, 그리고 아마도 모든 문학 위에 자리한 작품"이라고 평했다.

수많은 이들이 이른바 천재시인 랭보의 난해한 시와 불가사의한 삶을 해설했다. 이 책의 저자가 말하듯 랭보는 이미 "온갖 소스로 요리되었다." 그런데도 이 작은 책이 프랑스에서 출간되자마자 대중으로부터 큰 사랑을 받은 건 저자가 실뱅 테송이기 때문인 듯 보인다.

실뱅 테송은 누구인가? 그의 이름에는 언제나 여행가·모험가라는 말이 따라붙는다. 그는 자전거로 세계 일주도 하고, 부탄에서 타지키스탄까지 걸어서 5천 킬로미터를 횡단하고, 중앙아시아 초원에서는 말을 타거나 걸어서 3천 킬로미터를 가로지르는가 하면, 러시아 바이칼호숫가 외딴 오두막에서 여섯 달 동안 자발적 은둔생활도 하고, 모스크바에서 파리까지 나폴레옹의 군대가 러시아에서 퇴각하면서 걸었던 길을 모터사이클을 타고 좇기도 했다. 도심에서 지붕 위를 걷는 걸 즐기던 그는 2014년, 10미터 높이에서 추락하는 사고를 당해 온몸에 골절상을 입고, 열흘 넘게 혼수상태에 빠졌다가 기적처럼 살아났다. 이 끔찍한 사고로 한쪽

귀의 청력과 미각을 잃었고 얼굴 반쪽이 마비되었지만, 그는 여전히 거침없이 여행과 집필을 이어가고 있다. 그는 2009년에 중편 부문의 공쿠르 상《노숙인생》을, 2011년에는 에세이 부문 메디치 상《시베리아 숲에서》을, 2019년에는 르노도상《눈표범》을 수상하는 등 문학적으로도 인정받았지만, 무엇보다 엄청난 독자를 몰고 다니는 인기작가다. '함께하는 여름' 시리즈 가운데 그가 쓴 호메로스와 랭보 편은 프랑스 아마존에 독자들이 남긴 수백 건의 서평이 증명하듯 유독 큰 사랑을 받았다.

높은 곳에 오르면 세상이 더 아름다워지고, 느리게 걸을수록 세상은 커진다고 말하는 테송은 현실의 풍경과 상상의 풍경 속을 동시에 걸으며 글을 쓰는 작가다. 이 책 역시 한 세기 반 전에 랭보가 걸었던 길을 따라 걸으며 썼다. 랭보와 테송은 묘하게 닮았다. 랭보가 자신을 "오직 걷는 사람"이라고 말했듯이, 테송 또한 "움직일 때만이 제자리"라고 느끼는 작가여서 랭보를 안내하기에 더없이 적합한 인물로 보인다. 책을 읽다 보면 이따금 랭보의 이야기와 테송의 이야기가 포개져

들리기도 한다. 이를테면, "랭보는 쉬지 않고 이동하며 관점을 바꾼다"는 말은 주어를 테송으로 바꿔도 조금도 어색하지 않다. 그래서일까. 테송의 "비범한 관점"을, "랭보의 작품에 대한 독창적인 접근"을 높이 평가하는 독자들이 많다. 그리고 "테송과 함께하는 책읽기는 언제나 즐겁다"는 독자의 말은 그의 글을 아직 읽지 않은 독자들을 유혹한다.

2022년 6월,

백선희

　　　　　　　　　랭보와 함께하는 여름

랭보와 함께하는 여름

첫판 1쇄 펴낸날 2022년 7월 6일

지은이 | 실뱅 테송
옮긴이 | 백선희
펴낸이 | 박남주

종이 | 화인페이퍼
인쇄·제본 | 한영문화사

펴낸곳 | (주)뮤진트리
출판등록 | 2007년 11월 28일 제2015-000059호
주소 | 서울시 마포구 토정로 135 (상수동) M빌딩
전화 | (02)2676-7117팩스 | (02)2676-5261
전자우편 | geist6@hanmail.net
홈페이지 | www.mujintree.com

ISBN 979-11-6111-098-1 04860
        979-11-6111-071-4 (세트)

* 책값은 뒤표지에 있습니다.